# 夢のつづき

Takuro
kaNki

神吉拓郎

P+D
BOOKS
小学館

# 目次

# 信濃屋食堂の秋

信濃屋《しなのや》の店先で、主人の栄造がひと息入れていると、硝子《ガラス》戸ががらがら開いて、のっそりと入って来た男がいた。

「暑いね」

ついその先の、薬局の、森田である。

「暑いねえ。……どうしたの、その恰好」

森田は、喪服姿である。

さすがに、上着だけは脱いで、抱え込んでいるが、きちんと黒のネクタイをつけて、いつも薬局の店にいるときとは、だいぶ違う。

「友だちに不幸があってね。軍隊時代の奴だがね」

森田は、腰をおろすと、ネクタイをむしり取って、大きな溜息をついた。

「ああ、やれやれ、麦酒《ビール》頂戴」

「はいよ」

「文句言いたかないけれど、この季節の葬式は辛いね」

「うん、そうだな。あんたは、兵隊、どこだったたっけ」

「南支から台湾。高雄で終戦」

「ああ、そう言ってたっけ」

「あんたは」

「私ゃ、群山」

「朝鮮にいたのか」

「そうだよ」

「お互い、運がよかった方だ」

「そうだな」

栄造は頷いた。なんだかだとあったけれど、運がいい方だった。今になってみれば、そうとしか思えない。

早苗が麦酒を運んで来た。

早苗は長女である。もう子供が二人いる。亭主と一緒に、店を手伝っている。

次女の緑の夫婦も、同様だ。こちらの方には子供がいない。

それに、栄造夫婦の、合せて六人が、信濃屋食堂の全員だが、忙しい時には、それでも手が足りなくて、親戚の子を頼むことがある。

「森田さん、どうしたの、その恰好」

早苗は麦酒を持って来たついでに、腰をおろして、森田に聞く。

「葬式の帰りだって」

栄造が代りに返事をした。

「だあれ」

「軍隊の頃の戦友だって」

栄造が説明する。

「じゃ、お爺さんだ」

「多分そうだろう」

森田は、早苗が注いだ麦酒を一気に飲み干して、

「ああ、うめえ」

と、歓声を上げた。

「落ちついたかい」

「ああ」

森田は、コップに麦酒を注ぎながら、店のなかを見廻して、言った。

「まだ、学生たちが帰って来ないんだな」

「ああ」

学生たちというのは、近所の大学の学生のことである。

この町の商店は、多かれすくなかれ、大学の余恵を受けている。大学が夏の休暇に入って学生の大部分が帰省してしまうと、商店街も人通りがすくなくなり、夏休みの様相を呈する。

特に、信濃屋食堂のような、学生相手の食べもの屋は、その落差は大きい。ふだんは、時分どきになると目が廻るほど忙しくて、立ったまま食事をかき込むような信濃屋の連中も、夏と

冬の、このいっときだけは、のうのうと腰を伸ばすことが出来た。

信濃屋は、いわゆる定食食堂の類いである。

値段を抑えて、量はたっぷり、それが学生相手の商売の鉄則だが、勝負どころは、飯のうまいことと、味噌汁である。定食食堂で食事をする学生たちは、殆どが地方出身だし、彼らが日常欲するのは、結局のところ、うまい米の飯と味噌汁なのだということを、栄造は自分の経験から知っていた。

栄造夫婦は、米どころ、味噌どころとして知られている地方の出だから、東京に出て来て、戦後この商売を始めるまでに、都会の飯や味噌汁のまずさを、いやという程味わって来た。それだけに、信濃屋食堂では、ぬかりなく、米と味噌を、田舎の親戚のところから引いていた。

大学生たちは、食欲もさることながら、細かなところに実にさとい。

「やっぱり、飯と味噌汁は、信濃屋がいちばんだぞ」

という評価は、労せずして、口から口へと、学生の間に広められて行く。そして、先輩から新入生へ、また次の学年へと伝えられる。

栄造は、また、学生たちのコンパも、こまめに引き受けた。お話にならないような利の薄さだけれど、数は馬鹿に出来ない。収容力のある座敷を持つ店がそのあたりにないことに目をつけた彼は、無理をして継ぎ足し継ぎ足し、その為の座敷をいくつか作った。それが当って、座敷は夜になると、たいてい満杯になった。特に新学期ともなると、各種のクラブの新入生歓迎会などの予約が殺到して、さばき切れないほどになる。彼等のがなり立てる声や、酒品の悪さには閉口だったが、考えてみれば、まだ、ひよこである。幼いのも無理はなかった。甲高い黄色い声でわめき立て、ちょっとの酒でだらしなく酔いつぶれ、へどを吐く、そんな彼等にも、すぐ馴れた。

「あれで、なにが大学生だろ」

女房のフサは、ときどき手を焼いて、吐き棄てるように彼等をののしったが、それも初めのうちだけで、今では、彼等を、孫同様の目で眺めるだけの余裕を身につけた。早苗や緑は、子供のときから、酔っ払いには馴れっこになっている。却って彼女たちのつれ合いの方が、ときどきむかっ腹を立てるのは、同じ男だからだろう。それでも、彼女たちになだめられて、学生たちの無作法や幼稚さなどに目くじら立てることはなくなった。

信濃屋が、戦後しばらくして店を開いてから、もう三十数年の月日が経ち、栄造も、七十の上になった。もともと頑丈なたちで、衰えたのは目ぐらいである。それと、ときどき注文されたものを度忘れすることがある。すぐに調理場に通してしまえばいいのだが、とにかくあとからあとから声を掛けられるので、うっかり忘れたままになってしまうことがある。

「ほら、お爺ちゃん、またやった」

早苗にどやされて、栄造は仕方なくにやにやする。照れ隠しに、いつも冠《かぶ》っている白いコック帽を冠り直したりする。

「もう引退だね。孫のお守りでもしてりゃいいんだよ」

早苗は、きついことを言う。しかし、毒気のない、さばさばした言いかたである。

「駄目だよ。店に出なかったら、あっという間に老け込んじまうよ」

「いいじゃないか。もう、充分働いたんだもん。お爺ちゃんも、お婆ちゃんも」

「でもなあ、老け込んじまうのは厭だよ」

栄造は、それが本当に心配だった。一度引退しようと思ったら、もうその翌朝から、起き上ることも出来なくなるような気がした。

「大丈夫。店の方は、ちゃんとあたしたちで切り盛り出来るし」

その通りである。

兵隊が長かったので、栄造夫婦には子供が出来るのがおそかった。早苗は、栄造の三十代半ばに出来た娘である。それでも、早苗ももう三十半ばになる。妹の緑は、それより三つばかり下である。

早苗も緑も、両親とはあまり似ていない。

すこしくたびれた顔をしているが、二人ともかなりの器量よしである。目鼻立ちがはっきりして、昔の言葉でいえば、小股《こまた》の切れ上ったようなとでもいうのだろう。中学から高校の頃は、二人とも色の黒いのを気に病んでいたが、今では、痩せぎすで、浅黒いところが、かえってすっきりして見える。栄造にとっては自慢の娘であった。信濃屋の屋台骨も、もう実際には、この二組の娘夫婦が背負っているといってもよかった。

森田薬局を送り出してから、栄造は、孫を抱いて、門口へ出た。

西日が真っ向から差していて、眩しかった。孫の真澄は、まだ二つである。

婿の信二に似たのだろうか、女の子なのにちょっといかつい顔をしている。

「しょうがないや、な……」

栄造は、真澄に言った。

「……お父ちゃんに似たんだから、結構だ」

真澄が、なにか訳の解らないことをわめいた。すこし眠いらしい。

栄造が、だいじにゆすってやっていると、真澄は、うとうとし始めた。

「よしよし、よしよし」

真澄が、腕のなかで、段々と重くなって来たとき、

「小父さん、……やあ」

と、元気のいい声を掛けて来た男があった。

見ると、恰幅《かっぷく》のいい男が、栄造の目の前に立っていた。

「やあ、しばらくだなあ。本当にしばらくだった」

そういわれても、栄造には、それが誰だったか見当もつかない。

年の頃は、まだ四十前だろう。ぴんとした背広を着て、金ぶちの眼鏡を光らせている。

「ええと」

栄造はとまどった。多分、卒業生で、学生の頃ちょくちょく店に通って来ていた連中のうちの誰かだろうと見当はついた。しかし、何千、いや何万という数のなかから、咄嗟に思い出すことなんか出来るわけがない。

「……悪いけど、誰でしたっけ」

学生の頃とは、みんな、姿も顔も変っている。名前を聞いたところで、思い出せないのもある。しかし、その男は、栄造にとって忘れられない学生であった。

「厭だなあ。覚えてないの。ほら、川島だよ。川島」

そういわれた時に、記憶が突然よみがえって来た。それは苦い記憶であった。忘れようと努めて、やっと忘れたことだった。

川島は、そのことで、栄造の一家にかなりな負いめを感じていていい筈である。

昔、栄造は、川島に向って、二度と顔を出すなと言い渡した記憶がある。温厚な栄造にしては珍しいことだった。それだけに、そのことは、あとあとまで栄造の気持のなかに、澱《おり》のように残って、なかなか消し去ることが出来なかった。思い出すたびに腹が立った。

眼前の川島は、そんなことは意にも介していないように見えた。とっくの昔に忘れてしまったか、時効だと思っているのだろう。けろりとして、昔の川島は、今の自分とは違うのだという態度である。確かに、体格も、顔つきも、学生の頃の川島とは、まるで別人のように見える。

社会に出て、順調なコースを辿っている男の自信が、口ぶりにも窺われた。

「……誰かと思ったら、そうか。いや、すっかりお見それして」

栄造は、もごもごと、歯切れの悪い挨拶をした。

「なんだい。他人行儀に……。わざわざ顔を見に来たんだぜ」

川島は、恩に着せるような言いかたをした。

「……まあ、小父さんも元気でよかった。皆さんお変りないかな」

「ええ、まあまあね」

「早苗ちゃんや緑ちゃんも元気？　懐かしいねえ……」

川島は、栄造の腕の中の真澄の頰をつつくと、愛想笑いをしてみせた。

「これは、早苗ちゃんの子かな。緑ちゃんの子かな」

「早苗のね、二番め」

「そうお、早苗ちゃんも、もう二人の子持ちか。俺も齢を取るわけだ」

川島は愉快そうだった。懐かしげに信濃屋の店構えを一瞥《いちべつ》すると、先に立って中に入って行った。

栄造は慌てた。

居ないでいてくれればいい、と祈ったのに、運悪く緑が店先でテレビを観ていた。

緑は、ふり向いて、川島を見、やがて、はっと気がついたようだった。

「しばらく。緑ちゃん、川島だよ」

川島は屈託がなかった。

緑は動揺した。苦痛の色が一瞬顔を走ったが、すぐに自分を取り戻したかに見える。

「あら、珍しいじゃないの。何年ぶりかしらん……」

と、いつも通りの口調でいった。

川島と緑が顔を合せたのは、十数年ぶりである。

まだ川島が大学の学生だった頃、彼は近所に下宿していて、週に何度かは信濃屋に顔を出した。

その頃の川島は、背ばかり高くて、痩せた神経質そうな学生だった。酒も弱くて、飲むと悪酔いをした。

その川島が、緑のことを気に入ったようで、初めは、緑の方も適当にあしらっていたが、そうされると、却って夢中になるたちのようで、川島はしつこく緑を追い掛けた。緑の方も、あまり誘われるので、時にはつき合ってコンサートや映画に行くようになり、やがて彼の下宿へも何度か連れて行かれた。

栄造の夫婦や早苗が、ひょっとするとこれは危ないなと気がついた頃には、緑はもう川島とかなり深くなっていた。緑も気の強いところがあって、はたが気を揉んで口出しをすると、それに逆らった。

そして、結局、川島は、卒業と同時に、緑からも逃げ出した。地方の名士である彼の両親の入れ知恵もあったらしい。その時、緑は川島の子を身ごもっていた。

栄造には、川島と緑を結婚させたいという気はなかった。川島もその家族も気に入らなかったのである。無理に一緒にしたところで、緑が仕合せになるとは思えなかった。傷を深くするよりは、早いうちに諦めた方がいい。栄造は緑の前で、川島に絶縁を申し渡し、緑には諦めることを強いた。ふびんでならなかったけれど、中絶をさせた。緑は、それから何年も苦しんだようだったけれど、自力で立ち直った。そして、調理師の男と結婚した。

久しぶりに訪ねて来た川島は、そんないきさつをまるで覚えていないようであった。

青春の甘い記憶の一齣《ひとこま》を楽しみに来たとでも言いたげな調子である。

中央の官庁に勤めて、エリートコースにまんまと乗った得意さが、言外に匂って来る。

家柄の娘と結婚して、一男二女をもうけたという話にも、苦笑を誘うところがあった。

「学生の頃なんてものは、本当におろかなもんでね。人間、伸びるか伸びないかは、やっぱり社会に出てからが勝負だな」

そんなことを言いながら、ぐいぐいとビールを飲む。酒の方も、すこしは手を上げたようである。真っ蒼《さお》な顔をしてへどを吐いていた昔の川島を思い出して、栄造は憮然《ぶぜん》としていた。

「しかし、小父さんは偉いな」

川島は臆面《おくめん》もなく述べ立てた。

「……これが本当の人生というやつだな。二十年、三十年、営々と働いて、ちっとも変らない。

払って、新しいビルにしなくちゃ」

しく建て替えなくちゃ駄目だよ。俺が銀行に口をきいてやるよ。な、小父さん、こんな店は取っ

「いや、酔いやしない。……それにしても、この店は汚いな。昔とちっとも変りゃしない。新

「だいぶ酔ったんじゃないの」

文句もこぼさず、大勢の家族を養って……」

その晩、夜なか過ぎに、栄造は目を覚ました。最近はいつでもそうである。目を覚まして、小用に起きる。

用を足して、便所から帰って来ると、店の方に、誰か人の居る気配を感じた。

のぞいてみると、暗がりのなかに、誰かが坐っている。

緑だな、と思った。

「緑かい」

「うん」

暗がりのなかの影がふわふわと動いた。

「……どうした。眠れないのか」

「うん」

栄造は、緑のそばへ行くと、同じテーブルに並んで坐った。コップが置いてあって、冷酒の

匂いがした。

栄造は、ぽつりと言った。

「過ぎたことだよ」

緑は頷いて、答えた。

「あたしも、そう思ってるわ」

落ち着いた声だったので、栄造はなんとなく、ほっとした。

「今ね」

と、緑は言った。

「考えてたの。どうしてあんな男に夢中になったのかって……。ふしぎなの」

「そうか」

栄造は、片手を伸ばして、娘の肩を抱いた。

きゃしゃなように見えても、人妻の身体であった。しっかりして意外に肉が厚い。

娘が高校に入る頃から、気恥しくて、絶えて抱いてやることなどなかった。

「昔、よく思ったことがあったよ」

彼は、娘の肩をやさしく抱きながら、潤いのある声で呟いた。

「……このまま、この子が大きくならなけりゃいい、ってね」


〔1986（昭和61）年「オール讀物」10月号 初出〕

# 秋雨前線

（たか井）の店は、相変らず、客でたてこんでいた。

藤村が、隅っこで飲んでいると、おかみが来て、

「ごめんね」

といった。

「窮屈でしょう」

「まあ、いいさ」

おかみは、藤村の前の徳利を取り上げた。

空になっていた。

「あら、もう一本つけましょうか」

「いや、もう、飯にしよう」

「そうなさる」

「味噌汁の熱いのに、漬けもので、飯だな」

「おみおつけ、実は、なんにします。ああ、笠子《かさご》かなんかにしようか」

「いいね。笠子だ」

おかみは、藤村の注文を通すと、振り返って、小声でいった。

「なんだか、浮かない顔ね」

「そうかい」

藤村は、顎を撫でた。

「浮かない顔は、地顔だ」

「厭あね。悩みごと？」

「鋭いなあ」

「失恋？」

「馬鹿だな」

二人は、顔を見合せて、笑った。

藤村は、あらためて、店のなかを見廻した。

幸い、知った顔はいない。

「明日の昼間にでも、聞いてくれるかい」

「いいわよ」

おかみは、気軽にうけあった。

（たか井）が店を開けるのは夕方からである。

「じゃ、昼に、そこの珈琲屋で。……なんてったっけ、あの店」

「マルメロ」

「マルメロって、木の実かなんかか」

「カリンみたいなもんですって」

藤村は、マルメロもカリンも知らない。

それで、約束が出来た。

相談してどうなるということではないが、藤村は、ちょっと、他人の意見を聞いてみたかった。

(たか井)のおかみは、それには恰好の聞き役である。


別居している細君から、度々、電話が掛って来ていた。

奈美江と、別々に住むようになってから、ほぼ半年になる。藤村は、勤めがあるから東京。

奈美江は、静岡にいる。

用件というのは、娘の結婚話であった。

娘の美緒は、ごく当り前の娘である。とり立てて器量がいい方でもないし、隠れた才能があるとも思えない。両親から推しても、だいたいそんなところだろうと思う。身体だけは丈夫な方で、藤村は、それでいいと思っている。奈美江は、夫の、その熱のなさが気に入らない。

奈美江の実家は、静岡である。まあまあの商家で、親戚に県会議員がいたりする。藤村と奈美江の結婚式も、静岡で挙げたのだが、かなり盛大な式であった。

その頃は、まだ藤村の母親も元気で、式にも出た。そして、

「随分派手な家だねえ」

と、ひとこと感想を洩らした。

奈美江の決り文句は、

「静岡が」

である。東京でずっと暮らすようになっても、それは変らなかった。

東京で暮らしていれば、奈美江は、一サラリーマンの女房である。誰もちやほやしてくれる理由はない。

勝気な奈美江には、その不満が、いつもついて廻った。別居の原因を挙げれば、いくつもあったが、結局はそれだと藤村は思っている。

奈美江が、娘を連れて行ってしまったのも、郷里で美緒の結婚の相手を探したかったからである。

「私みたいな失敗をさせたくないから」

と、奈美江がいったのを、藤村は忘れてはいない。

多分、その思惑通りの結婚相手を見つけたのだろうと思う。

「とてもいい青年よ。美緒にぴったりだわ」

奈美江は、電話でそういった。

「美緒はどうなんだい。気に入ってるのか」

「もちろんよ。美緒の為にも、式にはちゃんと出て下さいね、あなた」

藤村は苦笑した。

奈美江の恐れていることが、よく解った。

彼女がなによりも気遣っているのは、藤村との夫婦仲が、あれこれ取沙汰されることであった。

彼女のことだから、おそらく親戚縁者には、夫婦仲のことはひた隠しにしてある筈だと、察しがつく。

夫は仕事が忙しいし、自分はぜひ地元から娘の婿を見つけたいので、やむなく実家に戻って来ている。奈美江の説明では、そうなっているに違いない。

結婚式の通知状では、藤村と奈美江が、ちゃんと名を連ねている。夫婦だから当り前だけれど、藤村奈美江という名前を目にすると、彼は、曰《いわ》く言い難い感情に捉われる。

その通知状も、藤村は関与していない。

美緒の結婚する相手は、西田という男のようである。

「それで、藤村さん、行くんでしょ」

(たか井)のおかみは、藤村を見つめて、そういった。

「そうだな」

彼は、あまり気乗りのしない調子で、それに答えた。

「……顔を出さないってわけにも、行かんだろうね」

「行っておあげなさいよ。お嬢さんの為にも」

「それがあるんでね。仕方ないか」

「もし、お父さんの顔が見えなかったら、お嬢さんには、そりゃショックよ。忙しかったでは済まされないわよ」

「うん、あとあとまで祟《たた》りそうだな」

「そりゃ祟るわよ」

「まずいな、そりゃ」

藤村は娘にまで恨まれたくない。

やはり、娘は可愛いし、出来れば、よく思われていたい。

「藤村さん、奥さんと別れる気なの」

(たか井)のおかみは、急所をついて来た。

「きびしい質問だな。困ったね」

藤村は頭を掻いた。

「別れたいのね」

彼は、おかみの嗅覚に感心した。

「どうしてそれが解るんだい」

「男と女のことは、勘が働くのよ」

「ほう」

「もしね」

　おかみは、いった。

「……もし、ほんとに別れたいんだったら、なおさら、今度は行って来た方がいいわよ」

「そうかい」

「結婚してから、どれくらい」

「二十数年、というところかな」

「それだったら、お嬢さんを送り出すところまで、見届けてあげていいんじゃない」

「親のつとめか」

「そう堅苦しく考えなくたっていいけど……」

　おかみは笑った。

「……行くと、またずるずると別れ難くなるんじゃないかって、それが心配なんでしょう」

「図星」

「そりゃ、藤村さんの気持次第でしょ。……なんていったらいいかなあ。娘の結婚式に出るのは、まあ、残務整理だと思ったら」

「なるほど」

　うまいことを言う、と、藤村は思った。

　残務整理、その言葉は、藤村のその時の心理状態を微妙に言い当てていた。

美緒の結婚式と披露宴は、静岡駅からそれほど遠くないホテルで、にぎにぎしく行われた。初めから覚悟を決めて行った割には、間の悪い思いはせずにすんで、藤村は、やれやれと胸を撫でおろした。

めったに姿を見せない奈美江の夫、ということで、好奇心の的になるのを恐れていたのだが、結婚式は、やはり新郎新婦の方が主役で、当日の客の視線は、もっぱらそっちの方へあつまった。

藤村にとっては、幸いであった。

それよりも、藤村を驚かせたのは、美緒がめっきり女らしくなったことである。

控えの部屋で、久し振りに顔を見たときに、藤村は、正直なところ、ぎょっとした。

「あ、パパ」

そう叫んで、花嫁衣裳の美緒が近付いて来たとき、藤村はとまどった。自分の娘であるとは信じ難い。娘といっても、もはや自分の手のなかにはいない。それを藤村は実感した。

和服姿の奈美江は、なかなか悪くなかった。

「来てくれて、有難う」

と、小さな声でそっと言う。

「君も御苦労さんだったな」

藤村も、そう囁《ささや》き返した。

「すこし太ったな」

藤村がついでにからかうと、奈美江は、知らん顔をした。確かに以前よりすこし太って、なんだか色っぽく見える。

新郎の西田は、如才《じよさい》のなさそうな青年だった。

「あ、お父さん」

などと、平気でいう。よく照れもせずに、そんな言葉を口に出来るものだ、と、藤村は内心興ざめであった。背が高くて、いかにも薄っぺらな印象がある。この男が、美緒の尻に敷かれて、一生唯々諾々《いいだくだく》と暮らすのかと思うと、可哀相でもある。そんなタイプの青年を婿に選ぶところに、藤村は奈美江の悪意を、それとなく感じた。奈美江と美緒の言いなりになる男、それが第一の条件だったのではないかと彼は思った。

奈美江の親戚や縁者とは、自分の結婚式の時に会っただけだが、顔に覚えのあるのは誰一人としていない。

藤村は、列席者から話し掛けられるたびに当惑した。先方は知っていても、彼の方は、それが誰だか、先方から明かしてくれない限り見当もつかない。

しばらく話していて、それが奈美江の兄だと初めて解ったときには、藤村も冷汗をかいた。

奈美江の兄というその男は、なかなかの好人物らしかった。

「……あいつは、馬鹿だから」

兄は、奈美江のことを、そういった。

「よろしくお願いしますよ」

彼は苦笑しながら、藤村に耳打ちするようにいった。

「腹に据えかねるようなことも、おあんなさるかもしれないが……」

藤村は、腹のうちを見すかされたような気がして、当惑した。

奈美江の兄は、そんなことには気がつかないらしい。他意のない様子で、こういった。

「根が田舎ものですから、妙に突っ張り返って……、いくつになっても子供と変りません」

藤村は、苦笑するしかなかった。夫である自分にも、その責任の一半はある。そう考えると、居心地が悪かった。

新婚夫婦は、その晩、会場と同じホテルに一泊して、翌日から旅行に出ることになっていた。

「あなた方のお部屋も取ってありますから」

と、奈美江の兄にいわれて、藤村は、ちょっと困った。

しかし、考えるまでもなく、それは当然の手配りであった。藤村と奈美江は、まだ夫婦だった。それをうっかり忘れていた藤村は、自分も随分迂闊《うかつ》な男だと呆れた。

披露宴が終ったあと、内輪でまた祝杯があげられ、新郎新婦が部屋に引き取ると、一座もだいぶ数すくなくなった。

「それでは、私たちは、これで……」

新郎と新婦の友人連中が挨拶をして姿を消すと、あとは、新郎の両親と、姉夫婦、奈美江の兄夫婦と藤村の夫婦だけになった。

新郎の両親は、藤村と奈美江に、お宅の美緒さんを頂けて、息子がどんなに喜んでいるか、と、丁寧に礼を述べた。

藤村は、内心のくすぐったい思いを抑えるのに苦労した。あとで後悔しても知りませんよ、などとはいえないではないか。

「美緒こそ喜んでいると思います。どうぞ末永く可愛がってやって下さい」

藤村は、そう答えた。答えているうちに、なんだか自分もその気になったのが不思議だった。

みんなが引き揚げて、二人だけになると、さすがに、藤村は力が抜けたような思いに捉われた。

奈美江も、疲れている様子だった。目の下に黒い隈《くま》が出来ていた。

そのままでは昂奮していて眠れそうもないので、藤村は奈美江をホテルのバアに誘った。

眠れないまま、二人で起きていたら、気詰りでたまらないような気がしたからである。

奈美江も、同じ思いだったらしい。黙ってついて来た。

水割りのグラスを手にすると、藤村はちょっと迷ったが、なにもいわない方がいいと思ったので、無言のまま、乾杯の真似をしてグラスを上げた。

奈美江もそれにならった。

「立派なお式でしたね」

と、バアの男がいった。

奈美江を知っているらしかった。

「疲れたわ」

と、奈美江は答えた。

「こっちは、主人」

「あ、これはどうも、奥様には、いつもご贔屓《ひいき》を頂いてまして」

バアの男は、腰が低かった。亭主と聞いて興味をそそられたらしい。藤村は、この町では、全くの新顔である。

「東京から来てくれたの」

「はあ、わざわざ。……これからはお淋しくなりますですね」

「そりゃそうね。なんていっても一人娘だから……。ほっとしたっていう気持と半々かしらん」

藤村は、面白いな、と思った。

奈美江は、静岡にいると、見違えるほど生きいきして、自信にあふれているように見える。

東京のマンションで、憂鬱げに押し黙っているときとは、別人のようだ。

奈美江の兄が、ふと洩らした言葉は、まんざら、当てずっぽうではないのかもしれないな、と、彼は、もう一度その言葉を反芻《はんすう》してみた。

二杯も飲むと、すっかり酔いが廻って来た。

披露宴の時は、さすがに控えていたが、その後、かなり飲んでいる。下地がしっかり出来ていたので、廻りが早い。

部屋に引き揚げると、藤村は、上着を取るなり、ベッドに寝転がった。寝たまま、ネクタイを脱《はず》し、シャツのボタンを脱す。

そのまましばらく横になっていると、いくらか落ちついて来た。

気がつくと、奈美江の姿が見えなかった。

風呂に入っているのかもしれない、と思ったが、それにしては、水音が聞えなかった。

なんとなく気がかりで、藤村は、起き上ると、ふらふらと歩いて行き、バスルームのドアを開けた。

着物姿のまま奈美江が、そこにいた。

便器の上に腰をおろして、ハンカチを握りしめたまま、奈美江は泣いていた。

「おい、どうした」

藤村が声を掛けると、堰《せき》を切ったように、嗚咽《おえつ》の声が高くなった。身も世もないような悲しい泣き声であった。藤村も、思わず目頭が熱くなるような気がした。

「どうした、おい」

肩をゆすぶると、奈美江は、泣きじゃくりながら、きれぎれにいった。

「あの子が、行っちゃった」

「そうだよ。でも、行っちゃって帰って来ないわけじゃない」

「美緒が、行っちゃった」

「お嫁に行ったんだ。悲しむことはないだろう」

「でも、あの子が行っちゃって、もう、私にはなんにもない。なんにも……」

そういって泣きじゃくる奈美江の肩を、藤村は抱いたまま、途方に暮れていた。

ついぞ見たことのない奈美江の姿だった。

藤村は黙っていた。

なにか、慰めの言葉を掛けてやりたかったが、何をいっても嘘になりそうな気がして、なにもいえなかった。

藤村は、その晩、奈美江を抱いた。

奈美江は初めためらっていたが、抱かれると、夢中に藤村を求めた。

身体で慰め合う以外に、夫婦には慰め合う方法はないのだろうか、と、藤村は思った。


「どうでした。無事にお済みになった?」

藤村が、(たか井)に顔を出すと、すぐに、おかみがやって来て、そう聞いた。

「ああ、まずまずだった」

「そうお、じゃ、間もなく、藤村さんも、お爺ちゃんだわ」

おかみは、もっと聞きたそうだったが、店が相変らずたてこんでいて、話どころではなかった。

藤村は、ひとりで飲みながら、内心でこう呟き続けていた。

（なぜ、みんな結婚なんてするんだろう。あんな悲しいことを、なぜ……）

その答えを、客の誰かに聞いてみたかったが、誰も答えてくれそうには見えなかった。


〔1986（昭和61）年「オール讀物」11月号 初出〕

# 返り花

「ところで、影山さんの噂を聞いたか」

と、中塚がだしぬけにいった。

ハーフ・ラウンドを済ませて、クラブハウスで昼食をしているときのことである。

「……いや」

と、倉田は、首を振った。

「再婚したらしいんだよ」

「……ほう」

倉田は、カレーライスの匙《さじ》を置いて、コップの水をごくごくと飲み干した。

初冬とはいえ、汗ばむような陽気である。

その上、さんざ歩いたあとだから、身体中ぽっぽとしている。

「それは、最近の話か」

倉田は、口をぬぐって、聞き返した。

「ごく最近らしい。……その、相手というのが、なんと」

中塚は、麦酒でのどにしめりをくれて、前へ乗り出した。

声をひそめて、こういう。

「三十前だってさ。え。……三十前」

そして、弾けるように笑い出した。

「驚くじゃないか。え」

いかにも、感に堪えたという表情で、彼はぶるぶると首を振った。

中塚と倉田は、元は、会社の同僚である。二人とも、定年まで勤め上げてから、それぞれ別の小さな会社に移った。

もう充分働いたつもりだが、とても、悠々自適というわけにはいかない。

それでも、以前に較べれば、いくらか時間の余裕がある。

うまく融通をつければ、たまに平日ゴルフを楽しむ時間ぐらい、ひねり出すことが出来るようになった。

その日も、前々からしめし合せてあった。

「ふうん、影山さんがねえ」

倉田にも、どうも、ぴんと来ない。

噂の主の影山は、やはり同じ会社で、二人の上にいた人物である。重役まで行った男で、人望もあった。が、癖のない人柄で、どこか恬淡《てんたん》としていた。それ以上の地位を望んであくせくとするようなタイプではない。そして、勤め人の世界では、じたばたしない限り、いつまでも状態は変らない。

影山は、引きぎわが綺麗だった。いつの間にか姿を消していた。夫人をかなり前になくして、係累のない気軽さもあったらしい。中塚や倉田が転職する前のことである。

「影山さんは惜しかったな。他にもっと辞めて貰いたい連中が沢山いるのに」

それが、会社のなかの蔭の声だった。

そういわれるだけでも羨ましいな、と、倉田は内心で思った。

辞めると同時に、影山は、社の人間とのそれまでのつき合いも絶ったようで、風の便りにしか消息は聞かれなくなった。影山自身で、線を引いたらしい。そのへんも、さっぱりしたものだった。会社の記念の行事にも、O・Bの集まりにも、顔を見せることはなかった。

倉田は、習慣で、影山に年賀状を書いたことがある。影山が辞めた翌年だった。

その返事のように、影山からの年賀状が着いた。

(ただただ元気で居ります。皆さんにもそうお伝え下さい)

と、添え書がしてあった。倉田は、それを見て、なんとなく、影山の身辺の静かな空気をかき乱してしまったのではないかと思った。

その翌年、倉田は、年賀状の名簿から、影山を抜くことにした。影山の方からも年賀状は来なかった。

倉田が、そんなことを思い出していると、中塚が、ちらと腕時計を見ていった。

「いかん、もうスタートの時間だぜ。その話は、またあとで……」

二人は、あわただしく食事を済ませて、席を立った。

たまのゴルフというのは、結構忙しい。

プレーの方に気を取られることが多いので、ゆっくり話をしている暇はない。

午后いっぱい、倉田は、影山についての噂を頭のなかから締め出そうとつとめた。

そうでないと、ボールが、あらぬ方へと飛んで行ってしまう。

努力しても、つい、そのことが、頭に浮かんで来る。

(三十前だってさ)

中塚のいったことが、繰り返し、繰り返し、聞えて来て、倉田は、なかなかゴルフに集中出来なかった。

(影山さんの噂を聞いたか)

(再婚したらしいんだよ)

(その相手というのが、なんと……)

そんな言葉の端々が、頭のどこかに引っかかっていて、風が吹くたびに揺れて鳴るような気がする。

中塚は、倉田より、ゴルフの腕は上である。

顔や、腕の色だけ較べても、中塚の方がよっぽど陽に灼《や》けている。

その中塚が、珍しく調子を乱していた。

運不運は紙一重というけれど、強気に攻めて成功する中塚のいつもの流儀が、その日ばかりは裏目々と出たようだ。

ぎりぎりのオンを狙ったボールが、バンカーに転げ落ちたり、ショートカットのつもりが木の梢《こずえ》に当ったり、散々である。

「どうした」

倉田が声を掛けてやっても、中塚はぶすっと口を尖《とが》らしている。

「今日は攻め方を変えなきゃ……。ついてないんだよ」

からかい半分に、そう奨めても、

「ふん」

と、頷くだけである。

「安全に刻まなくちゃ……。そういう日もある。何年ゴルフをやっとるのかね」

「うるさいな」

「十も年を取ったように見えるぜ、今日だけで……」

「どうせ俺は爺いだ。ほっといてくれ。安全にまとめる位なら、ゴルフなんかやめちまわあ……」

すっかりお冠《かんむり》のようだ。

倉田は可笑しかった。

彼が笑っているのを見て、中塚はますます面白くない。なにか口のなかでぶつぶつ呟きながら、ひたすら早足で歩く。

「なんだ。お念仏でも唱えてるのか」

「よせやい。秘密のマニュアルをチェックしてるんだ」

なるほど、半分ほど廻ったところで、どういう風の吹き廻しか、中塚にツキが戻って来た。ボールが幸運なキックをして、フェアウェイのいいところに出て来たり、バンカーの土堤を駈け上ってグリーンに乗ったりする。

「どうだ、俺を怒らせると恐いって、いったろ……」

中塚は、たちまち恵比須《えびす》顔になった。

色が黒いから、南方の恵比須さまのようだと思うと、倉田は吹きだしそうになった。

帰りの車は、中塚が用意したハイヤーだから、安心だった。たっぷり汗をかいたあとに、たっぷり麦酒を飲んで、二人ともクラブハウスを出るときは、いい色になっていた。

車に乗り込むと、中塚は、たちまちこくんと眠り込んでしまった。

「やれやれ、まるで子供だ」

というと、中年の運転手は、笑って、

「ふだん、よくお働きだから、お疲れなんですよ」

と答えた。

「……どうぞ、おやすみになって下さい」

と、奨められると、倉田もその気になった。

猛烈な眠気であった。

倉田が目を覚ましたときには、車はもう新宿のあたりを走っていた。

倉田は、目をこすりながら、窓の外のネオンを眺めた。

もうすっかり暮れて真っ暗な空を背景に、ネオンの列がどぎつく輝いている。

信号待ちの車の前を、ぞろぞろと、横断の人の群が通り過ぎて行く。

倉田は、それを眺めながら、どこか索漠とした思いに囚《とら》われていた。

久し振りのゴルフなので、身うごきをすると、ふしぶしが痛んだ。

一日遠くへ出掛けて、歩き廻り、球を打つ。

健康にいいというけれど、そんなことは気休めに過ぎないような気がする。

いいことをして来たというのに、この気持の沈みようは、どういうことなのだろう。

横の中塚は、まだ正体もなく寝入っている。


その後、倉田は、風の噂に、何度か影山のことを耳にした。

もとの会社の下僚と、ばったり会って、銀座で飲んだことがあった。

倉田や中塚がいたときと違って、その男が今やかなり幅をきかしているらしい。もう倉田の下僚ではないぞという気負いが、ちらちらと感じられて、倉田は内心苦笑せざるを得なかった。

「……影山さんねえ。すっかり箍《たが》が弛《ゆる》んじゃったって評判ですよ。やっぱり仕事から離れると、人間、そうなっちゃうんですねえ」

その男は、憐れむような口調でいった。

「みんな、そういってますよ。娘同然の女と同棲して、それじゃ鼻面取って引き廻されるのが落ちだって……。影山さんも、会社にいる時は、そんな人には見えなかったのに。……もっと慎重な人って印象だったがなあ」

「そうかね。箍が弛んだ、か」

倉田は、その、娘同然という女のことが知りたかった。六十代も半ばの男と暮らそうという女とは、どんな女なのだろう。

「じゃ、影山さんは、その女性と結婚したわけじゃないのかね」

「同棲って聞きましたがね。……妙なヒモでもついてて、搾《しぼ》り上げられたりしなきゃいいんだが……」

倉田は、苦笑した。かりにも、重役の椅子を無事に勤め上げた男である。そんなところに抜かりがある筈はない。若い頃の影山の下にいたこともあるので、倉田は、影山の手きびしい一面を覗いたこともある。ふだんはそんなそぶりも見せなかったが、この男の考えるような甘い人間ではない。

「大丈夫だろ。一人前の大人なんだ。自分の始末ぐらいつけられるさ。……それよりも、相手の、その、女性は、どんな人なの」

「それが驚くじゃありませんか。初め三十前って聞いたんだけど、本当の年は二十二だって」

それを聞いたとき、倉田が思わず唸《うな》った。

「どうです。ちょっとふつうじゃない。そう思うでしょう」

倉田は頷かざるを得なかった。いくらなんでも、あまりまともな取り合せとは思えない。

「情報源はどこだい」

その男は、ちょっと言い渋ったが、

「(チカ)の女です」

「ああ、(チカ)か。なるほど」

倉田は、万事合点がいったような気がした。(チカ)のママは、以前に影山と噂のあった女である。

そういえば、影山が会社を辞めた頃から、倉田もしばらく(チカ)に顔を出していない。

久し振りに、今度(チカ)に寄ってみようと倉田は思った。

その時、倉田は、意外なことを聞いた。

「(チカ)の女に聞いたんだけど、その女性、日本人じゃないらしいですよ」

「ねえ、誰に聞いたの。そんなこと」

（チカ）のママが倉田に聞いた。
「沢井。ここの女の子から聞いたっていってたぞ」

「そう」

彼女は首を振った。気に入らないときによくやる仕草である。

「……まったくお喋りが揃ってるから……」

そう言い棄てると、彼女は、倉田の方に向き直った。

「でも、倉ちゃんは、どうして影さんのことそんなに知りたがるの」

「昔の上司だもの」

「だって、とっくに辞めちゃった人よ」

「辞めたからって、それっきりってわけにはいかないさ。どこか気持が通うとこがあるんだ。あの人とは」

「そうなの」

「それと好奇心かな。俺、今とても関心がある」

「なにに」

「余生をどう過すかっていうことさ。他人のことがとても気になるんだよ。知ってる人ならなおさらだ」

「倉ちゃんなら、余生をどういうふうに過すわけ？」

「どうしたらいいか、よく解らない。正直なところ、見当もつかない。ゲートボールなんてやりたくねえしな」

彼女は黙って、煙草の煙を吐いていた。細い煙を吐き終ると、ぽつりといった。

「影さん、相談に来たのよ。辞める前に」

「なんの」

「どこかに、遺産目当ての若い女の子はいないだろうかって」

倉田はびっくりした。随分妙な話である。

「へんな話でしょう。でも、私、影さんの話を聞いてるうちに、納得したの。一肌ぬいじゃうっていったの」

「どうしてさ」

「まあ、聞いてよ。条件が難しいのよ。うんと若くて、美人で、家族やなんかの事情でまとまったお金が欲しいって子。その為ならなんでもするって子ね。それを探して、なんにも話さずに、紹介しろっていうの」

「ふうん」

「私、一生懸命探しちゃった。それで、これならいいって子を見つけたの。台南から来た子で、とても気立てのいい子。日本にはもういないようないい子」

「へえ。よく見つかったね」

「馬鹿にしちゃいけないわよ。水商売をしてるとね。いろんな横のつながりがあるの」

倉田は感心した。水商売のことはよく知らないが、それにはそれで奥があるものだと思った。

「それで、影山さんは、その子が気に入ったのか」

「気に入ったわよ。お見合いをさせたら、一目で、O・K」

「ふうん、それで、今はその人と一緒にいるの？」

「そう」

「でも、影山さんは、まだ男の能力はあるんだろうか」

「知らないわよ。そんなこと」

彼女は、巧みに逃げた。とぼけているのか、本当に知らないのか、倉田には判別がつかなかった。

「しかし、そりゃ大へんだったね」

「大へんだったわよ。鉦《かね》や太鼓で探すわけにもいかないし、握らせなきゃならないところもあったし」

「影山さんもしあわせだな。ちょっと頼めば、（チカ）のママが、奔走してくれるんだから……」

羨ましいよ、と言いかけて、倉田は、あとの言葉を飲み込んでしまった。彼女の目がきらっと光ったからである。

怒らせたかな、と、倉田は後悔した。

彼女は、真っ向から倉田を見詰めて、いった。

「倉ちゃん」

「はいはい」

「……あなた、本当に知らないの」

知らないって、なんのことだろう。

倉田は、その意味を判じかねた。

「本当に知らないのね」

彼女は察したようだった。そして、表情をかげらせると、念を押した。

「ここまで話したんだから教えるけど、他言無用よ。誓える？」

倉田は頷いた。

「影さん、癌なのよ」

倉田は、はっと息を呑んだ。

なぜ、それに気がつかなかったのだろう。

影山が、あっさりと会社を辞めて行った理由も、誰にも姿を見せない理由も、それではっきりした。

倉田は、頭を垂れた。顔をあげて、彼女を見ると、目がうるんでいた。

倉田は、その後、偶然に影山を見掛けた。

広尾のスーパーマーケットの前を通りかかったときに、見つけたのである。

タクシーのなかからだから、ほんの一瞬である。

買物の紙袋をいっぱい抱えた老人がいる、と思ったら、次の瞬間に、それが影山であることに気がついた。

タクシーを停めさせようと声をあげかけたが、思い止まった。

影山の蔭に、美しい娘がいた。娘も紙袋を抱え、空いた方の手を、老人の腕にからませていた。すんなりと伸びた、見事な脚をしていた。

倉田は、振り返って、二人を眺めた。

やがて死を迎えようとする老人と、遺産目当ての娘、その二人連れも、はた目には、楽しげな親娘連れに映るだろう。

影山は、娘になにか話し掛け、娘は笑ってそれに答えていた。

影山は晴れやかな表情をしていた。

それは、長いこと倉田の胸に焼き付いて消えなかった。


〔1986（昭和61）年「オール讀物」12月号 初出〕

# 声下さい

里見は、局の駐車場に、車を乗り入れた。

運よく、いつものスペースが空いていた。

空いている限り、同じ場所に車をとめるのが、習慣になっている。初めて、そこに車をとめてから、もう何年になるだろう。

夜のその時間になると、とめてある車は、もうまばらである。有名タレントの派手々々しい車も見当らない。テレビ局と違って、ラジオ専門の局はずっと地味である。

暗い駐車場のすみの、車のなかで、里見は、しばらくじっとしていた。

車内も暗いから、もし傍を誰かが通りかかったとしても、なかの人影までは、気がつかないだろう。

シートに身を沈めたまま、里見は、気持を振い起そうとつとめる。重苦しくのしかかってくる不安を、なんとか払いのけて、その夜の仕事に立ち向って行くだけの気力が欲しいと思う。

それが、すこしずつ、すこしずつ湧いてくるのを待っている。

以前に較べると、気持を振い起す為の時間が、段々と長くなった。

十年前には、まだ、そんな思いはしなかった。

里見が、深夜のその音楽番組の語り手を引き受けてから、かれこれ十年になる。

それほど長く続くとは考えていなかった番組なのに、今となっては、それが里見の持つ唯一のラジオの仕事になった。

彼が、ディスク・ジョッキーというこの種の仕事に携わるようになってから、もう長い。

初めは、声優として、かなり幅広く仕事をしていた彼だったが、テレビ全盛の時代を迎えてから、ラジオの世界にも、急激にその余波が押し寄せて来た。

声だけの声優には、辛い時代が来たのである。

それまで、声優だけでやってきた彼や、その仲間たちは、それぞれ新しく自分たちの生きる途を探らなければならなかった。

このままでは、先細りになるだけだ。

声優たちは、誰もが、そう考えていた。

ある人々は、テレビへ積極的に働きかけて、そこで仕事の場を得ようとした。

自分はテレビに向かない。そう判断して、それまで通りに、声優一本を守ろうとした人々もいる。

声優そのものをあきらめて、よその世界へ移って行った人もすくなくない。

ラジオ番組の予算は、目立って縮小された。

なんといっても、派手なテレビ番組の方が広告主の気を惹《ひ》く。広告主たちはどっとテレビ局の方へ流れて行き、ラジオ局は、一時の勢いを全く失った。

そんな時代が、もう三十年近く続いている。

何度となくラジオの再興が叫ばれて、ある程度の成果が見られてはいるが、ラジオ局には、昔日のような勢いというものはない。

里見は、その時代を、なんとか生き抜いてきた一人である。

民間放送が始まった頃の彼は、気負った一人の声優だった。なにもかもが新しく、毎日々々が充実していた。一つのラジオ局から次のラジオ局へと飛び廻るその忙しさを、彼は楽しんでいた。ラジオから自分の名前が流れるのを耳にすると、誇らしさで胸がふくらんだ。初めてファンからの手紙を貰った時には、しみじみと、この道に入ってよかったと、喜びを噛みしめたものだった。やがて、それにも馴れ、行きずりの人や、立ち寄った店で、サインを求められるのにも馴れた。

それも、しかし、すべて過ぎ去った日のことである。

「お早う」

声を掛けると、夜の番の守衛が、上目遣いに彼を眺めた。

見覚えのある顔だ。

その顔が崩れて、人の好さそうな表情が浮かんだ。

「ああ、お早うございます」

懐かしげに、

「いつも、御苦労さまです」と、つけ加える。何年も見慣れた顔だった。

人気《ひとけ》のない廊下を歩いて、エレヴェーターに乗る。

エレヴェーターのなかで、また、かすかに胃のあたりが疼《うず》いた。

里見は、いつも、スタジオに入る前に、便所に寄る。

多くのタレントに共通の習慣である。

人によっては、神経性の下痢が、スタジオ入りの直前に始まる。どんなに劫《こう》を経た俳優でも、その癖だけは直らないというのもいる。

里見には、そんな癖はない。

ゆっくりと小用を足し、それから、手を洗い、含嗽《うがい》をすませ、鏡に向って、髪を撫でつける。

里見の髪は、一部分だけ鬘《かつら》である。

三十の半ばから、生え際が後退を始めて、おやおやと思っているうちに、天辺《てっぺん》が薄くなってきた。

初めは放っておくつもりだったが、人気稼業がそれではまずい、と、友人に勧められて、里見もその気になった。

テレビのように、人前に姿をさらすことはあまりないが、番組宣伝の為の写真を撮ったり、公開録音の番組に出たりするときは、どうしても頭が気になる。

これも投資というつもりで、里見は、鬘で、すこしだけ髪の薄いところを補うようにした。

鬘をつけて、鏡の前に立ったとき、彼は正直なところ驚いた。自分ながら、信じられないほどの若返りようであった。鬘といっても、昔のものとは違って、その気になって見ない限り、見分けがつき難い。

自分で鬘を使うようになってから、気がついたことだが、彼の周囲の俳優たちや、外国のスターにも、鬘の愛用者が意外に多いことが解った。

それまで、自前の髪だとばかり思っていた誰彼が、実は、十年二十年前から鬘を愛用していたらしいと知ると、里見は、いくらか気が安まった。同時に、彼等のファンのことを考えて、いささか気の毒な気もした。

人の目を欺くのも、商売のうちか、と、彼は幾分自嘲気味に、そう思った。

鏡の前で、鬘の具合を点検し、笑顔を作ってみる。

皮膚のたるみや、皺は仕方がない。

顔色がすこし冴えないように思えたので、両の掌で、軽く頬をこすってみた。すると、いくらか血の気が射してきて、見よくなった。

なかなか悪くなかった。まだまだ働き盛りの男の顔に見える。

息を整え、廊下を悠々と歩いて、スタジオへ入って行く。

副調整室をのぞくと、人影があった。

「お早うございます」

と、声を掛ける。

このへんの呼吸は、馴れたものである。

副調には、二人の男がいた。

ディレクターの佐原と、ミキサーの長沼であった。

「お早うございます」

佐原はまだ若い。三十になるやならず。

長沼は、古手である。知り合ってから長い。

にっと笑って頷くだけだが、懐かしい顔である。里見は声をあげた。

「沼さんじゃないか。久しぶり、ちっとも変らないな」

長沼は、又、にっと笑っていった。

「里見さんも、変らないわ。若いや」

「それにしても、しばらくだったね。お仲間はどうしてる？」

「ばらばらですよ。昔の連中は。……あっちへ行ったり、こっちへ行ったり……」

里見と顔見知りだった古いミキサーたちは、それぞれ、部署が移ったり、辞めて小さなプロダクションに迎えられたりして、昔とはすっかり顔ぶれも違ってしまったようだ。

長沼自身も、今は管理職について、現場の仕事とは、ほとんど縁が切れてしまったのだそうである。

「それじゃ、今夜はどうして……」

里見が聞き返すと、長沼は、ちょっと照れたように、

「さっき、うちの若いのに聞いたら、今夜、里見さんの音取りがあるっていうんでね。……のぞきに来たんですよ」

と答えた。

そして、パネルのダイアルに手を伸ばすと、馴れた手つきで、その感触をたしかめながら、ひとりごとのようにいった。

「しばらくぶりで、これをいじってみたくなってね」

佐原が、その、長沼の言葉のあとをひきとるようにいう。

「今夜は、沼さんがやってくれるんですって」

「ふうん、そりゃ凄いや」

里見は、つとめて平静に受けたけれど、内心はひどく嬉しかった。

昔のよしみというやつである。

わざわざミキサーを買って出てくれた長沼の好意が、身にしみた。

長沼は、若い頃、音楽番組の録音では、鳴らした男である。各局の数多いミキサーのなかでも、名人といわれた腕を持っていた。

いい時代だったな。

里見はその時代を、なによりも懐かしく憶えている。長沼も多分同じに違いない。

「ぽつぽつ行こうか」

簡単な打合せをして、里見は立ち上った。

副調を出て、小さなスタジオに入る。

硝子の仕切り越しに眺めると、急に長沼や佐原が遠い世界の住人のように見える。

生れて初めてマイクの前に立たされたときの感覚が、蘇ってくる。

可笑しなものだ。ほかのことは、すべて忘れてしまっても、その感覚だけは、忘れることはない。

胃の上あたりに、なにかがわだかまっているような、奇妙な、不安定な状態。

しかし、すべては、里見の内側だけで起きている現象で、はた目からは、落ちつき払ったヴェテランの声優、としか見えない。里見はそのこともよく知っている。

「あんたくらい度胸があればなあ」

と、仲間の一人に羨ましがられて、驚いた経験もある。

「おれなんか、未だに足が震えちゃって……」

声優として、名の売れたその男が、そんなことをいうのは意外だった。

「度を失っちゃうとでもいうのかなあ。ほら、前のテーブルに、水のコップを乗せとくだろう。ある時、気がついたら、その水が揺れてるんだよ。さざ波が立ってるんだ。それを見たとき、ああ、おれは此の商売には向かないんだなあ、と、つくづく思ったよ」

その男は、苦笑しながら、そう打ち明けた。

「……今さら他の道に替われないから、やってるけどね。何年やってもおんなじ。……あんたみたいなのを見ると羨ましいよ」

そういわれて、里見は、自分も同じだと言い難くなったことがあった。

「……声、下さい」

佐原がいっている。

声のテストである。

「はい……」

里見は、言い馴れた、冒頭のナレーションの一部を、ゆっくりと喋り出す。音程をやや低く、深く豊かに響くように話す。この声が里見の売りものであった。

「結構です。では本番参りまあす」

佐原の答えが返ってくる。

オープニングの曲は、「サンクス・フォア・ザ・メモリー」

里見の好きな曲である。喜劇役者のボブ・ホープが、自分のショウのテーマ・ソングに使っていた曲だ。里見もそれを借用して、自分の番組のテーマにしている。

曲は途中からすうっと遠のくように絞られて行く。

里見は、喋り始める。

「……夜は、友だち……

この深い闇が、あなたと私をへだてる、無限の距離を取り払ってくれます。

今、私は、あなたの傍にいる。

これまでに、あなたと共に過した、何百という夜、何千という夜と、同じに……

今晩は、里見五郎です」

これでいい。滑り出し快調。

次の曲を紹介して、マイクを切る。

長沼の方を見ると、笑ってかすかに頷いた。

いいですよ、とても、というような感触が伝わってくる。

里見は、段々と昂揚してくる自分を感じた。


一本目を取り終えて、二本目の録音にかかったとき、里見は、副調に誰かが入ってくるのを目の隅でとらえた。

曲が始まったところで、あらためて見直すと、担当プロデューサーの石元であった。

後の壁際の椅子に掛けて、硝子越しに里見を見ている。目が合うと、いっぱいの笑顔を見せて、手を上げる。なにか口を動かしている。

声が聞え始めた。

「ご苦労さまです。いやあ、すっかり御無沙汰しちゃって……」

石元は、調子のいい男である。よく太って血色のいい顔をてらてらさせている。四十代のなかばくらいになるだろうか。

「これはこれは、珍しいじゃない」

里見は幾分からかい気味にいった。

「いやあどうも、ちょっと顔を出さないと、いわれるなあ」

石元は、しょげてみせる。内心は、屁《へ》とも思っていないのだろう。

「ちょっとお話があるんだけれども、あとでつき合って下さい」

石元は、そういって、立ち上った。

「あとで、また来ます」

そう言い置いて、手を振って、出て行った。

里見は、苦笑した。石元は、他人のことなどお構いなしというタイプである。ペースを乱されることおびただしい。

マイクに向って、録音を続けながらも、里見は、石元の言葉が妙に気になって、それを頭から払いのけるのに苦労した。

お話があるんだけれど……。

石元の奴がそんなことをいう時は、碌《ろく》なことがない。そういう定評があった。

里見は、不吉な予感に囚われた。

背筋を、のろのろとなにかが這い上ってくるような、重苦しく、厭な予感である。

「……ちょっと休みましょうか」

佐原がいった。

「いや、このまま行こうよ」

里見は、気を取り直して、答えた。声が沈んで来たのを、悟られたらしい。

「大丈夫、まだ疲れてないよ」

そういったものの、里見の気持は、ますます落ち込んで行く一方だった。


里見が、内心、何よりも恐れているのは、番組の打ち切りであった。

どんな長寿番組でも、いつかは終るときが来る。長い声優生活で、里見は何百回も、番組打ち切りの辛さを味わっている。それを言い渡されるときの、負け犬のようなみじめさ、口惜しさは、制作者側には到底想像出来ないだろうと彼は思う。

どんなに羽振りがよく見えても、役者は使い捨てられるものであり、局の人間は、給料を貰って、地味だが、安定した暮らしが立てられる。

同じ仕事に携わっていながら、その違いは恐ろしいほどである。

里見は、仕事を失うことの恐さを、骨身にしみて知っている。

そして、老残の彼にとって、おそらく、このディスク・ジョッキーの仕事のような機会は、もう二度とない筈である。

録音が終ったとき、里見五郎は、正直なところ、自分の一生が終ったような気がした。

それでも、名ディスク・ジョッキー、電波の世界のダンディーともてはやされたその評価だけは裏切りたくないと心に決めていた。

「お疲れさま」

里見は、佐原に、明るくねぎらいの言葉を掛け、つき合ってくれた長沼と握手をした。そして、石元と肩を並べてスタジオを出た。

里見と石元は、局の社屋を出て、すぐ向いの深夜レストランに入った。

石元は、その店で時間をつぶしていたらしい。

テーブルに、飲みかけのブランデーのボトルとグラスが置いてあった。

乾杯をしてから、石元が、口を切った。

「いやあ、一刻も早く知らせたくってね」

石元は上機嫌だった。

「実は、われわれのあの番組が、最も愛されているD・J番組ということで、民放から表彰されることになってね。……内定だけど、スポンサーも大喜びでね。それをあなたにも知らせたくて……」

その時の里見の様子を、石元は、あとで佐原にこう話した。

「そりゃ嬉しかったに違いないけど、なんにもいわねえのさ。驚いたんだね。黙ってんの。こっちは拍子抜けしちゃったよ」

里見は、石元と別れたあと、ゆっくりと車を走らせて、自分の家に帰った。

明日のことも、あさってのことも、なにも考えたくないほど、疲れ果てていた。

〔1987(昭和62)年「オール讀物」1月号 初出〕

# 籠の鳥

「ね、このひと、どうかしら」

川上が朝食の箸《はし》を置いたところで、細君が一枚の写真らしいものを差し出した。

また、あれだな、と、川上はぴんと来た。

カヴァーを開いてみると、まさしく見合写真である。

和服姿の娘が、やや緊張したような表情で写っている。あまり若くはない。

「ね、可愛いお嬢さんでしょう」

と、仲子が口を添える。

「そうかね」

「可愛いわ」

「俺には、そうも思えないが」

「あなたの趣味じゃないっていうだけよ」

「そうかな」

川上は、一歩退《ひ》いた。どうでもいいことである。

「このお嬢さん、どうかしら」

仲子は、すかさず畳みかけてくる。

「どうかしらって、なんだ」

「会社の鳥井さんに」

川上はうーんと唸った。

「……あれは駄目だ」

「あら、どうして」

「どうしてもなにも、当人にその気がない」

仲子は冷笑した。

「それは、いいお相手が見つからなかったからよ。このお嬢さんなら大丈夫。こんなにいい条件の方なんて、今どき……」

仲子は言いだしたら、あとへ退かない。

退くのは、いつも川上の方である。

結局、その写真を持って、川上は出社する羽目になった。

仲子は、どうやらまた軽はずみな口をきいたらしい。

十中八九みたいなことをいったのだろう。

仲子は、自分の顔をよくするために、ついそれをやる。

その尻拭いをいつもさせられるのは川上である。

夫だから仕方がないとはいえ、彼も閉口しきっていた。首尾が悪ければ、仲子は川上を責める。自分の不用意な言動がその原因だとは、考えてもみないらしい。

尻拭いとはよくいったものだ、と、川上は思うが、そんなことは細君にはいえない。夫が常時それをしてくれているなどとは思いもつかないのが細君である。

川上は、頃を見計らって、鳥井に電話をした。鳥井は、気心の知れた部下だったが、今は、離れたポストにいる。

「おい、困ったよ」

「なんですか」

鳥井は、いつも穏やかな男である。情緒が安定しているというのか、若いに似ず、なんでも話せる。

「また、家内から写真を預かっちまった」

「ははあ」

「見るだけ見てくれないか。俺が握りつぶしたとなるとまずい」

一呼吸置いて、

「拝見します」

という答えが返ってきたので、川上はいくらか気が安まった。

「毎度すまんな」

昼に、と、約束が出来た。

「……俺はポン引きの手先になったような気分だよ。旦那、いい子がいるんですがね、って、あの商売の方が、よっぽど筋が通ってるような気がするよ」

川上がそういうと、鳥井は電話の向うで笑った。

「そう悲観しないで下さい。有難く思っています」

そして電話は切れた。


「いい娘さんじゃありませんか」

鳥井は、そう感想をのべた。

「そうかい」

くすっと鳥井は笑った。

「部長、売り込む方が、そう弱気じゃいけませんよ」

「でもなあ、俺はこんな娘のどこがいいのか解らない。妾《めかけ》にも欲しくないな」

「好みが強いんですね、部長は」

「強いわけはないさ。女房以外なら誰だっていい口だ」

「恐いことを聞かされるなあ。ますます結婚するのが恐くなっちゃいますよ」

「あ、そうか」

川上は苦笑して、目の前の鳥井を眺め直した。

鳥井は、三十を二つ三つ廻った筈である。

背も中くらいだし、取立てて美男というほどではないが、どことなくすっきりした好青年である。

穏やかで、あまり物事にこだわらない。一緒に仕事をしていて楽である。上司にとっては、それがなによりも有難かった。

ひと頃、鳥井には、次々と縁談があった。

見た目も悪くないし、評判も、経歴も問題ない。

社内の女の子のなかにも、鳥井に心を寄せるのが何人かいたようである。

ところが、どの話も、結局、見合どまりで終っている。

鳥井本人が、首をたてに振らないのである。

そのために、鳥井は何度か気まずい思いをした筈であった。

縁談を持ち込んだ側は、断られたとなると、やはり気が納まらないところがある。何が不足で、と恨みがましくいわれることもあったし、あからさまに、すこし思い上ってるんじゃないか、などといわれることもあったようだ。

川上も、以前、その鳥井に、縁談を持ちかけたことがあった。

実現すれば、まず申し分のない話だと思って、川上は熱心に話をすすめた。鳥井のことはもちろんだが、相手の娘の生い立ちも、よく知っている。もし纏《まと》まれば、なかなかいいカップルが出来あがる筈だった。

しかし、川上の期待に反して、その縁談は不調に終った。

鳥井が、ノーといったのである。

川上は、正直なところ、がっかりした。

なにか、裏切られたような気さえした。

しかし、どうも、腑に落ちないところもあった。

確かにそうだとはいえないが、初めから、鳥井が尻込みしていたような印象がある。

想像してみてもよく解らないので、川上は単刀直入に、鳥井を呼び出して、質問してみた。

鳥井も、やがては打ち明けなければならないと考えていたようで、ぽつりぽつりと話し始めた。

鳥井の話は、意外なことだったが、思い当るところもあった。

「なるほどな。そりゃ大変だ」

聞き終って、川上の方が溜息をついた。

「そんなことになるとは、想像もしていませんでした。自分に限って、そんなことは起るまいとたかを括《くく》ってたんですがね」

鳥井は、珍しく暗い表情を見せた。

「……ちょっと、普通じゃないような気もするんですが……」

「いや、ほかにも聞いたことはある」

川上は、慰めるようにいった。

それだけでは、言葉が足りないような気がしたので、つけ足した。

「俺だって、それに近い思いをしたことはあるよ」

「そうですか」

「男と女では、だいぶひらきがあるようだな。特に、君の家の場合は……」

川上は、その先をいわなかった。生臭い話になりそうな恐れがあったからである。

鳥井の話を聞いて、川上は了解した。

その時の話は、そこまでであった。

「どうだい、この頃は」

「まあまあです。仕事の方は順調だし、おふくろの方も、呑気《のんき》にやってます」

「そうか」

「しかし……」

「なんだい」

「……籠の鳥ってのも辛いですね」

鳥井が、ぼそっとそういうのを聞いて、川上は、思わず吹きだしそうになった。

帰りの電車のなかで、川上は、鳥井のそのときの顔を思い出した。

誰でも、人にいえない苦労を抱えてるんだな、と、川上は思う。

あの、呑気ぼうずみたいな鳥井も、例外じゃない。

それにしても、うまいことをいうもんだ。

川上は、にやにやした。

籠の鳥、か……。

鳥井の姓と、その符合を考えると、なんともいえない可笑しさがこみ上げてくる。

老けた小鳥だな。

大きな籠のなかに、背広姿の鳥井がちょこなんと収まっている姿を想像して、川上は、おかしさを抑えきれなかった。笑っていいことではないだろうが、しかし、おかしい。

川上は、こんな唄を思い浮べていた。

〽かごめ　かごめ
　籠のなかの鳥は
　いついつ　出やる

子供の頃、聞いた唄である。その先がなかなか出てこない。

　月夜の晩に……

だったろうか。

鶴と　亀が　すべった

段々怪しくなってくる。

うしろの正面　だあれ

鳥井の悩みの種は、母親であった。

川上は、何度か母親とも顔を合せている。

年齢は川上と同じくらいだが、まだ充分な色香を湛《たた》えていて、おやと思うほどである。

彼女は、若くして夫を失っている。幸い、夫は資産家だったから、子供を育てるのに、それほどの苦労はしないで済んだようだ。

それでも、子持ちの未亡人という立場には、人に明かせない気苦労もあったようで、彼女の印象には、どこか人を寄せつけない用心深さや、かたくなさが感じられた。

「美人だけれども……、という感じだな」

川上は、誰かに、そんなふうな印象を話したことがある。

「美人だから、いろいろあったんじゃないかね」

と、そのとき相手は相槌を打ったような気がする。

これは、川上の推測だが、つい最近まで、母親の方に、再婚話が、たびたび持ち込まれていたのではないだろうか。

そして、彼女の方も、断り続けながらも、心のどこかで、それを楽しんでいたのではないかと考えられる。

ところが、或る日、突然気がついてみると、息子はすっかり成人していて、あろうことか、彼女をさし置いて、その息子に縁談が舞い込んだのである。

この、時の移り変りは、酷であった。

彼女は、いやという程、自分の立場を思い知らされ、それから、心細くもなった。

一方では、腹立たしかった。考えれば考えるほど、いまいましい。

一人息子を育て上げた未亡人には、共通の憤懣《ふんまん》である。そして、掌中の珠を取られてなるものかという思いに駆られた。鳥井青年は、運が悪かった。

初めて、鳥井に縁談があったとき、母親は、寝込んでしまった。

「おそらく、ショックだったんでしょう」

と、鳥井はいう。

「ノイローゼみたいになってね。夜も眠れないんです。医者も、なにか精神的な原因でしょうっていうんだけど……ぼくの縁談が原因とは考えられなくてね」

そんなこんなで、最初の縁談は、引き延ばされ、うやむやのうちに消えて行った。相手方が、鳥井の家の煮え切らなさに、しびれを切らしてしまったのである。

縁談が解消すると、母親は、けろりと回復して、前にもまして元気になった。

鳥井も、母親の回復を喜んだが、なんだか狐につままれたような気がしないでもなかった。二十代の男では、女心の裏の裏まではとても気が廻らない。

二度目の縁談で、母親が寝ついた時には、さすがに鳥井も、おかしいなと思った。ふだんは病気などしたこともない母親である。

あっちが痛い、ここが痺《しび》れる、やっぱり年だ、などと、愚痴ばかり並べながら、いざ楽しい予定でもあれば、不調など忘れて、いそいそと飛んで行ってしまう。痛風《つうふう》が出たといって、足をひきずり、家事を休んでいたのが、旧《ふる》い仲間に誘われて、寒中の京都まで御馳走を食べに行き、ぴんぴんして帰って来る。

「あれ、足は治っちゃったの」

驚くのは鳥井である。

母親は、そしらぬ顔をしていた。

彼女が、鳥井の縁談に対して示す反応は、さまざまだったが、一貫しているのは、乗気がしないという態度である。

「お母さんは、どう思うの」

たとえば鳥井が、そう聞いたとすると、母親は、あからさまに反対は唱えない。

「そうねえ。私はいい娘さんだと思うけれど……」

という答えが返ってくる。ややあって、

「……けどねえ、私には、ちょっと気がかりなところがあるんだけれど」

というふうに、小出しに不満が出てくる。

ある場合には、占いの結果が、否定の材料に使われた。

懇意にしている占い師が、その相手の娘は、鳥井の家に災厄をもたらすに違いないから、絶対に思い止まるべきだ、と、強くすすめているというのである。

「占いなんかと思うかもしれないけれど、あれだけ強くいわれると、私は恐ろしくなってね。古いのかしら」

眉をひそめて、そういわれると、鳥井も、そんな愚にもつかないことを、とはいえなくなってしまう。

母親が、縁談の相手の娘を見る目は、実に手きびしく、容赦がなかった。

そして、鳥井が思わず感心するほど、目ざとく、鋭く、欠点を見抜き、それを拡大してみせた。

鳥井は、うとましいと思う以前に、その母の観察力に驚かされた。

「凄いもんですねえ。女どうしは、いつもあんな具合に観察しあってるんですかね」

鳥井は、川上にそう述懐した。

「そうだろうね。まして競争相手ともなると、ますますだろう」

「競争相手ねえ……」

鳥井は、感慨ぶかげにいった。

「そうなんですねえ」


仲子から託された見合写真は、そのまま仲子の手に返った。

仲子は、当然、面白くなかったようで、夫に当った。彼の持ちかけかたが悪いからだという。

「しかし、貰いたくないのに、仕方がないだろう」

と、彼が説明しても、仲子はぷんぷん怒っていて、耳を貸そうとしなかった。

鳥井の方は、その後も相変らずである。彼には一種達観したようなところがあって、母親のそうした動揺を、むしろ憐れと感じているらしい。

そして、つとめていたわり、刺激しないようにしているふしがある。

川上は、そんな鳥井の心根がいじらしいと思う。

女子社員のなかには、鳥井は、いわゆるマザコンだと決めつけるのもいる。

母一人、子一人の家なんかにお嫁に行くのは真っ平、と、広言する娘も多い。

そういう勇ましい発言を聞いていると、川上は、つい苦笑してしまう。

そして、鳥井のことがいささか心配にもなる。

「おい、どうだい、此の頃……」

社の廊下で会ったりすると、川上は、鳥井をつかまえて、そう聞いてみる。

鳥井の方も、なにを聞かれているのか、承知である。

にやりとして、

「ええ、適当にやってます」

などと答える。

「大丈夫だろうな。女に絶望したわけじゃないんだろうね」

冗談めかして、探りを入れると、

「ま、ホモの気《け》はないようだし、そのうちになんとかなるでしょう」

と、呑気なものである。

「お母さんは、お元気かね」

「ええ、ますます」

「そうか」

川上は、ときどきあの唄を口ずさんでみる。

〽かごめ　かごめ
　籠のなかの鳥は

いついつ出やる……

そこで、ふっと気になる。次の、月夜の晩に、というのは、どこか間違っているような気がするが、正しくは、どんな詞《ことば》だったのだろうと思う。

〔1987（昭和62）年「オール讀物」2月号 初出〕

# 心のこり

そんなことを言うと、雪ぶかい国の人々から、恐さを知らない都会人の寝言だと、つむじを曲げられそうだが、安西は、雪が好きである。

夏は、暑い方がいい。冬は寒い方がいい。

そして、冬は雪が多い方がいい。

そう思っている。

だから、その雪のふかい頃に、わざわざ、その温泉まで出掛ける気になったのは、別に怪しむに足りない。

風流人ではなくとも、雪景色を眺めながら、湯につかっているのは、気分のいいものである。雪が深ければ深いほど、その情趣もまた深いものになる。

しかし、困ったもので、ひなびた温泉ほど足場が悪くなるから、冬場は閉めて、営業を休んでしまう所も多い。雪が、春まで世間との交通を絶ってしまう。

安西が、その温泉行きを思い立ったとき、まず心配したのは、そのことだったが、局に問い合せて知った番号に掛けてみると、間もなく男の声が返って来た。

いつもと変らず営業をしているということだったので、安西は、なんとなく、ほっとした。

雪の状態を聞いてみると、それほどでもありませんという。近くをバスが通っていて、そこから少々歩くことになるが、道はついている様子である。

とりあえずふた晩ほど予約をして、電話を切ったあとで、彼は、よかったな、と思った。

思い立った時にでも行かなかったら、そのまま行かず終いになりそうな気がする。

近くまで行ったついでに、というには、福島の奥は辺鄙《へんぴ》に過ぎる。やっぱり、思い切って出掛ける気になってよかった、と、彼は満足した。

雪を眺めるのもいいし、温泉も楽しみだ。

それに、気にかかっていた瀬川からの頼まれごとも果せそうである。

安西は、瀬川の、そのときの顔や、話しっぷりを、はっきりと憶えている。

「一度、行ってみて欲しいんだがね」

瀬川の言葉は、ゆっくり、はっきりしている。どこか、芝居のせりふを聞いているようで淀みがない。

「思い出したとき、で、いいんだけどさ」

その温泉のことである。

「いいとこだよ。……錦の湯ってんだが、秋は紅葉がいいしさ、雪がつもりゃまたいいって、そこの親爺が言ってたけどね。おれァ寒いのが苦手だから……」

その頃の瀬川は、まだ様子がよかった。

頬はそげて、いくらか顔色も悪いが、まだ元気だった。

入院と聞いて、安西が見舞いに行ったときの話である。

瀬川は、安西の、いわば昔からの遊び仲間、飲み仲間である。

その頃、瀬川は、同族会社の社長を退いて、会長になっていた。

「町会長だよ」

といってにやにやしていたが、その方が気楽でいいらしかった。もともと、趣味の広い男で、商売よりはそっちなのである。

瀬川は、俳句の方で、素人の域を脱していた。句集もいいものを出していたし、雑誌などから頼まれて、読者の投稿俳句の選者をつとめたりしていた。句歴が長いせいか、おっとりとしてしかも垢《あか》ぬけた句風である。職業作家の臭みがないところが好まれて、地味だが、評価を受けていたようだ。財界人の余技を脱して、俳人といって、誰も怪しまないだけのものはあった。

安西は、もっぱらゴルフの方で、瀬川とつき合っていた。

安西は、俳句の方は、自分の得手ではないと見切りをつけていた。誘われても、作る気はしなかった。

「あなた、詠《よ》む人、おれ、けなす人」

瀬川に誘われると、安西は、そういって断るのである。瀬川も、諦めて誘わなくなったが、安西に句の批評を求めることはやめなかった。安西の鑑賞眼を買っていたことは確かである。

「その温泉、そんなにいいところかね」

「うん、いいところもいいところなんだが……」

瀬川は言いさしてにやにやした。

「……俳句の連中と一緒に行ったんだよ……」

彼は二三の名前を挙げた。俳句の世界ではよく知られた名前である。安西も、それくらいは知っている。

「吟行か」

「まあ、そういえば聞えはいいがね」

瀬川は鼻の頭に皺を寄せた。

「湯治だよ。腰の痛いのだの、不能だの、満足なのは一人もいやしねえ」

「仕方がないさ。四十五十って年じゃないんだから」

「そのくせ、口だけは達者でさ。恐れ入っちまうよ。天下国家を論じさせたら大したもんだよ」

瀬川は苦笑して、肩をすくめた。

「……まあ、山の中だから、誰の耳へも届かないで済むけどね」

安西も笑った。

「いいじゃないか。老人サークルの旅行としちゃ他愛がなくていいや」

「……ところがなあ」

「なんだい」

「御機嫌に酔っ払って、大いに談論風発して、いい気持で御帰館遊ばされたのはよかったんだけど、あとになって気がついたんだが、ひとつ失敗をしてきたらしいんだ」

「酔ったあげくにか。何か持って来ちゃったとか」

「その反対なんだ。どうも忘れものをして来たような……」

「なにを忘れて来たんだ」

安西が問い返すと、瀬川は、子供が困ったときのような顔をして、こういった。

「それが問題でね。以来、ずっと気になって仕方がない」

安西は笑った。

「なら、電話でも掛けて、確かめればいいだろう」

「うん、それが、ちょっとそれをやりたくない筋があってさ」

「おおごとなのか」

「いや、なに、取るに足らんことさ。しかし、取るに足らんことだが、やっぱり気になるってこともあるだろう」

「まあな」

「それなんだよ。どうも、それが頭にひっかかってて、落ちつかなくて困るんだ」

瀬川は、すこし伸び加減の髭を気にしながら、こういった。

「思い出した時でいい。ちょっと頼まれてくれないか」

「もちろん、構わないが」

「いや、おれも、いつかそこへ行くつもりにしていて、そのうちに、こんなていたらくになっちゃったもんだから」

瀬川は、念を押すようにいった。

「わざわざ、行くことなんかないぜ。頭のどこか隅っこに留めといて、いつか、ふっと思い出して、その気になったらでいいのさ」

「解ってる。で、行ったら、なんて先方にいやァいいんだい。……それを」

すると、瀬川は、手を挙げて、さえぎった。

「そこだよ。向うにバレちゃあ面白くないんで……、そこなんだけどね。いいかい……」

そこで瀬川は、安西に、ひとつの頼みごとをしたのである。


宿に辿りつくには、少々難儀をした。

聞いた通りに、駅を降りてから、バスに乗り継いで、小一時間で、目指す宿の見えるところまで来た。

「あれだよ」

運転手の指す先に、バス道路と谷ひとつ隔てた向うの崖の中腹に、くすんだ建物が見えた。

「ああ、すぐそこじゃないか。有難う。もっと凄いとこかと思った」

「このすこし先の道を入ると、橋があっから、それを渡って……」

「ああ」

「そう、十五分もあれば着くでしょう」

「ぽつぽつ行くよ」

「滑らないように、用心して」

「有難う」

バスが行ってしまうと、ただ一望の雪景色だった。しんと静まり返って、動くものとてない。つめたく甘い雪の香が、息をするたびに胸のなかで拡がる。

教わった通りに、安西は、バス道路を辿った。

新しく出来た太いタイヤの跡を踏んで行くと、いくらか歩き易い。

このあたりまで来ると、道路にもかなりの雪が積ったままで、それが、交通の車のタイヤで踏み固められている。凍ってしまったらまず車は通れまい。

橋へ通じる小道を曲ると、急に雪が深くなった。

道がついているといっても、人の通った気配があるというだけである。足もとに気を配りながら歩くだけで、息が弾んだ。

危うげな吊り橋を、やっとの思いで渡り切ると、猫の額ほどの前庭があって、そこに錦の湯の旅館が建っていた。

谷の向う側から見ると、今にもずり落ちそうな感じだったが、近くで眺め直すと、山気に晒《さら》されて、くろずみ、艶を失ってはいるが、しっかりと腰の据わった建物である。

玄関口に男が一人立って、安西を出迎えていた。

どうやらそれが、旅館の主人のようだった。

「遠路をようこそ」

と、男は、古風な口をきいた。中背だが、骨太の体格の男である。

安西が名乗ると、男は一礼して、いそいそと先に立った。生真面目そうで、愛想がない。

「すんでのところで、橋から落ちるんじゃないかと思ったよ」

安西が軽口を叩くと、

「申しわけございません」

と、男はすまなさそうな顔をした。そして、

「でも、まだ、落ちたかたはございません」

と答えた。

安西は吹き出した。

「そりゃ、よかった。落っこちたら大変だ」

「へえ」

男も、やっと微笑を浮べて、頷いた。

「雪だけは、いつも落して置くんですが」

錦の湯の露天風呂は、河床からすこし上ったところにあって、そこに行くには、旅館の建物を出て、かなり階段を下りなければならない。

しんしんと冷えた下駄を突っかけて、下まで行くのはひと骨だったが、湯につかって眺める四辺の景色は、また格別であった。

「ああ、極楽、極楽」

来た甲斐があったと、安西は呟いた。

湯はかなり熱い。

泉質は、食塩泉だと、主人から聞いた。

安西が思った通り、迎えに出た男は、この旅館の主人だった。

「徳三と申します」

と、座敷に茶を運んで来て、律義に挨拶した。使用人は置かずに、内輪だけでやっているという。

瀬川たちを連れて来たのは、俳人の○風さんで、○風さんは、それ以前にも一度来ているそうである。

「四季の景色を見たいとおっしゃって、春秋はもう御覧になったんですが、その後まだ……」

と、徳さんはいった。

瀬川の一行のことは、よく憶えているらしくて、徳さんは、そのときの話になると、口が軽くなった。

「いやあ、お元気なかたばかりで……」

「さぞや、やかましかったろうね」

「此の頃は、お年を召したかたのほうが、お元気ですね。お声も大きいし」

安西も徳さんも顔を見合せて、にやにやした。彼等のはしゃぐ様子が、目の前に浮かんだからである。

「みんな、根は、名うての悪ガキなんだから、調子がつくと大変だ」

「○風先生は裸踊りをなさって、家内を困らせました」

「やれやれ」

「×天先生は、廊下で立小便をなさって」

×天は、瀬川の俳号である。

「しょうのない奴だな。まだそんなことをやってたのか」

「はあ、あとがしばらく匂って」

「犬じゃあるまいし、あきれたね」

「偉いかたは違いますな。いくつになられても、自然で、豁達《かったつ》で」

「褒めちゃいけないよ」

安西が苦笑すると、徳さんは、きっぱりといった。

「とにかく、器が大きいです。いい勉強をさせて頂きました」

徳さんは、そのあと、頭を垂れて、呟いた。

「それにしても、残念です。あの×天先生が亡くなられたなどとは」

食塩泉は、しんから温まるのだそうである。

顎まで沈めて、じっとしていると、まさに塵外境《じんがいきょう》にありという感じがする。

雪の白が目にしみるようだ。

紅葉の頃も、また見事だろうと想像がつく。

その鮮やかな紅葉の色が温泉の湯に照りかがやいて、それが、錦の湯の名前の由来になったのだろうと安西は思った。

「これが、その時書いて頂いたもので……」

部屋でゆっくりと晩酌をしていると、徳さんが色紙を何枚か抱えて入って来た。

まだ、それほど黄ばんでもいない。

「お懐かしいでしょう。こうして置きますか」

徳さんは、そういって、色紙を壁へもたせかけて、ずらりと並べた。

「いいねえ。こうすると、一緒に飲んでるような気がする」

「そうですか」

徳さんが、空になった徳利を持って、部屋を出て行くと、安西は、すかさず色紙の前ににじり寄って、なかの一枚を手に取った。

「……そうか、これか……」

安西は、じっと色紙を眺めていた。

見憶えのある瀬川の筆跡で、一句書きしるしてある。

一見、稚拙のようで、いかにも彼らしい風格のある字だが、眺めていると、どこか奇妙な印象を受ける。

安西には、その理由が解っている。

瀬川が説明をしたからである。

「書いたあとで、どうも自分でもおかしいなと思ったんだが、それで間違っていないような気もしたんだ。馬鹿だねえ、その場で誰かに聞きゃいいのに」

東京に帰って来て二三日してから、ふっとまた気になり出したんだ、と、瀬川はいった。

やはり、その瀬川の疑念は、当っていた。

色紙の句は、新蕎麦《しんそば》の句だったが、どうしたことか、蕎麦の蕎の字の、小さな口がひとつ抜けていた。上の方の口である。

「いいじゃないか。上の口を書き忘れたって、下の口がちゃんとしてりゃ」

安西は、その時、そんな冗談口をきいたが、なるほど、今、実際に眺めてみると、たった口ひとつのことで、蕎麦はひどく間が抜けて見えた。

「いいさいいさ、人は書き落したんだと思ってくれるよ」

そう慰めもしたが、瀬川は、諦めなかった。そして、安西が約束させられた用事というのは、旅館の目を盗んで、こっそりその色紙に、口をひとつ書き加えておいて欲しいということだった。瀬川が生きていれば、恰好なからかいの種だったのが、今となって、そのからかう相手がいなくなってしまうと、また別である。

色紙を持ったまま、安西が迷っていると、廊下で、徳さんの足音がした。彼は、そっと色紙をもとへ戻して、なに喰わぬ顔で、もとの座へ坐り直した。

二日間、雪国で過して、安西は雪景色にも温泉にも、堪能した。

東京に帰ると、彼は、早速、徳さんに宛てて礼状を書いた。

考えた末に、色紙の一件を白状したくだりを付け加えた。瀬川の気持を伝えて置きたかったからである。色紙に、口がひとつ増えたのは、瀬川の遺志によって書き加えたので、私のおせっかいだと思わないで下さい、というようなことを書いた。

数日して、徳さんから、返事が来た。

その返事は、徳さんらしい四角な字で書かれていた。

几帳面に、型通り、来館を感謝する文言が連ねてあり、本文には、こう述べてあった。

〔まことに、風流の道に理解あるかたがたのなされ方であると、感心いたしました。教養の深さのあまり、つい書き間違いをなさったり、思い違いをなさったりすることは、間々あるように私どもも伺って居ります。現に私どもも、先代の頃までは、棉《わた》の湯といって居りました。それを、さる高名な先生が、間違って錦の湯と新聞にお書きになり、以来錦の湯となったのでございます……〕

安西は吹き出した。そうか、つまり、ウッドからアイアンに替ったわけか……。

〔1987（昭和62）年「オール讀物」3月号 初出〕

# 近火御見舞

「さち子に会ったんだがね」

嶋の口から、その名前が出たときに、石田は、思い出せなかった。

「さち子って」

石田が聞き返すと、電話の向うで、嶋が苦笑した。その気配が伝わってきた。

「憶えてないか、(ブル)のさち子だよ」

「ああ……」

石田は思わずうなった。

「……さっちゃんか」

「どうだ、思い出したろう」

「うむ」

どっちかといえば、あまり思い出したくない名前である。

気持の隅で、ちくりとするものがある。

嶋だって同じ筈である。

「さっちゃんか。ふうん、どんな様子だった」

「変ってないよ。ああいう女は変らないんだ」

「そうか」

山尾さち子、たしか、そういったと思う。

佐知子、砂智子、砂稚子と、名刺を貰うたびに、名前が違っていた記憶がある。結局は、平仮名のさち子に落ち着いたようだった。

目鼻立ちがくっきりとして、なかなか目立つ女だった。

まあ、十五人なみというところかな、と、嶋なんかは辛い点をつけていたけれど、その実、かなり参っていたようだった。

石田は、さち子とは、ほどほどの間柄だった。あとが面倒になりそうな気がして、何度かあった機会を、見送った。石田には、そういう勘があった。

「ところで、困ったことになったよ」

「なんだい」

「さち子のやつ、なにを始めたと思う」

「さあ……、なにをやってるんだい。店はもうとっくに閉めて、引退したんだろ」

そう聞いていた。

風の便りである。

酒場の権利を、うんと高く売って、今は左団扇《ひだりうちわ》だということを、かなり前に聞いた。

ほかの説だと、ある男から、高額の慰謝料が出たということである。

「それがさ、今、回顧録を書いてるんだとよ」

「えっ、なにを」

「回顧録だよ」

面白いわよ、と、さち子は、嶋にいったそうである。

もう、この齢になったら、恐いものもないし、私の見てきた商売の裏側を、洗い浚《ざら》い書いちゃおうと思うの。凄いわよ。今お偉いさんになってる連中が、実名で、ばんばん出てくるのよ。みんな、青くなるな、きっと……。

「本当かい」

「どうやら、本気らしい」

嶋は、ちょっと深刻な声を出した。そして、あんたは大丈夫なの、と、いった。

「うーん、……震度3ってとこかな、俺より、角谷や小倉が大変だろう」

と、石田は答えた。

「まるで、被害者の会だな」

遅刻して入ってきた小倉が、苦笑しながらそういった。

幹事役の嶋は、にやにや笑って、

「いや、まだ今のところ、加害者のほうかもしれない」

と答えた。

嶋、平山、泉、小倉、それに石田、みんな、ひと頃、酒場（ブル）の常連だった顔ぶれである。

嶋の肝煎《きもい》りで集まったいわば対策協議会なのである。

「懐かしいね。こんなことでもなけりゃ、なかなか集まる顔じゃないものな」

泉が、一座を見渡していった。

みんな、同感である。

酒が運ばれてきた。

「今日は、なんのお集まりなんですの」

嶋の馴染みのおかみが、聞いた。

「うん……」

嶋が、澄まして、石田の方を顎で指した。

「……こいつがね。しばらく外国へ行くっていうもんだからね」

「あらまあ、どちらへ」

「うん、オーストラリア」

石田も、澄まして、調子を合せた。

「まあ、コアラのいるところでしょ」

「そうそう」

「齢だからね。行ったっきりにならないとも限らないからな。送別会だよ」

嶋は、そらっ呆《とぼ》けて、そういう。

「まあまあ……」

「気に入ったら、そのまま住み着こうか、と思ってね」

石田が続けた。

「あら、尖端を行ってらっしゃるのね。羨ましいわ」

「そうかね」

「オーストラリアって、いい所なんですってね。私も、老後を外国で送りたいわ」

「そうかい。じゃ、一緒に行きますか」

「まあ嬉しい。考えさせて下さる」

「じゃ、乾杯」

おかみは、盃を乾すと、出て行った。

それをしおに、嶋が報告を始めた。

その後、嶋が手に入れた情報によると、やはり、さち子が、回顧録を書こうとしているのは事実らしい。

嶋は、昔、(ブル)で、さち子の下で働いていた女に、電話を掛けさせたのだそうである。

「あたしね。今、自伝を書いてるのよ」

さち子は、その女にもそういったようだ。

「難しいわよ。毎日、机の前に坐って、うんうんいってるわよ」

読みたいわ、読ましてよママ、と、その女が、嶋に頼まれた通り、ねだると、

「駄目よ、まだ秘密」

と、簡単にしりぞけられた。

ベッド・シーン、あるの。

そりゃあるわよ。濃厚よ。ベッドのよしあしまで、こくめいに書いてあるわよ。

わあ、凄い。早く読ましてよ、ママ。

まだまだ。そうね、半分まで書いたら、ちょっと読んで、意見聞かしてよ。

「……だいたい、そんなような話だったそうです」

と、嶋はいった。

「実名で出すのかな。……つまり、その、自分の名前で……」

「もちろん、そうでしょう」

泉の質問に、嶋は、そう答えて、一座を見廻した。

みんな、きな臭いような顔をしている。

考えるまでもなく、随分ばつの悪い顔合せだった。

「人類みな兄弟、というようなものですな」

小倉は、嶋から電話が掛ってきたときに、憮然として、いったそうである。

閉口しているのは、誰も同じだった。

もし、そんな本が、出版されて、麗々しく自分の名前が載ってしまったら、面目は丸つぶれである。それも、ロマンティックな物語ならまだしも、興味本位の暴露ものとなれば、およそどんなものになるか想像がつく。揃っていい笑いものになることは間違いない。

さち子が、本当にスキャンダルで名前を売るつもりになったのなら、これは恐い。勝負は目に見えている。

それぞれの道で、甲羅を経てきた連中だけに、もし、そうなった場合に、どう成り行くかは、すぐ計算出来た。こういうケースでは、先手必勝である。本になる前、人目に触れる以前に、なんとかしなければならない。そのへんまでは、誰も解っていた。

では、どうしたら、先手を打てるか、誰もいい知恵は浮かばなかったらしい。

結局、その晩も、これといった案は、出ずじまいであった。

誰も、まだその問題の手記というか、原稿を見た者はいない。

「もっと、情報が欲しいな」

と、平山がいった。

平山は、広告代理店の重役を勤めている。

「情報がなくちゃ、対応のしようがない」

平山は、そして、一つの案を出した。

石田に、さりげなくさち子と接触してくれ、というのである。

「俺がかい」

石田は渋った。

「……どうして」

彼が問い返すと、平山は、こんな理由を挙げた。

ほかの連中は、だいたい彼女と抜き差しならないところまで行っていて、ふつうには話せない。話せば喧嘩になる。このなかで、比較的にそういうことなしに話せそうなのは、あなただけだと思う。そういった。

石田は、平山の観察眼に、内心舌を捲《ま》いた。よく見ているものである。

石田は、どちらかといえば、さち子を避けたほうだ。

石田の相手は、友美という女だった。友美は、そう命じられているらしく、石田とのことを逐一《ちくいち》さち子の耳に入れているようだった。

そんなことから、さち子は、自分が石田より優位に立っていると信じたらしく、彼に対していくらか気を許していたようである。

石田は、渋々だったが、さち子と会って偵察する役を引き受けた。
(ブル)という店名の由来は、株のほうからきている。ブルは、強気、買いに出る、それに対して、弱気、売り、は、ベアである。

「ブルドッグのブルかい」

と聞く客もあったし、

「ブルジョアのブルだろう」

という客もいた。

「ぶってるからじゃねえか」

という男もいたが、株式用語が正解らしい。

以前の経営者が、もと株屋で、そう名付けたのを、さち子の代になっても、そのまま使っているのである。さち子の気性にぴったり合っているから、変える必要はなかった。

さち子の困ったところは、万事行きあたりばったりという性格である。お天気屋で、その日の風まかせという気性で、それに酒が入ると、まるで収拾がつかなくなってしまう。

そろばん高いきょう日《び》の酒場の経営者とはだいぶ違う。

そうかと思うと、妙に慾が深かったり、執念ぶかいところもあって、一貫しない。要するに、気骨の折れる相手だが、なかなか印象的な美女である上に、男好きだから、次から次へと、男にはこと欠かなかった。

そういう八方破れのような女には、よくしたもので、見かねてか面倒見のいい男がつく。さち子は男運に結局恵まれていた。さち子とその時々に関係があって、やがて別れて行った男たちは、それぞれの仕事で、結構、名を成している。

あのママは、福——だから、というのが、さち子の定評になっていたのも、そのせいである。

そして、さち子自身も、すっかりその気になっているようだった。


嶋たちと会ったあと、数日してから、石田は、教えられたさち子の家の番号に、電話を掛けた。あまり放っても置けないような気がしたからである。

何度か呼出音が鳴ったあとで、聞き馴れた声が出た。

「あら、お久しぶり。どうなさってるの。お元気なの」

さすがに懐かしいらしく、声が弾んでいた。

石田は、無沙汰を理由に、翌日の晩の食事に彼女を誘った。本当は、その晩でもよかったのだが、あまり性急な印象を与えてもいけないと自重したのである。

そして、そのついでに、ちょっと聞きたいこともあるので、と、つけ加えた。

さち子は、ちょっと考えて、

「いいわ」

と、誘いを受けた。

翌日、約束の時間に、彼女は、めかし込んで現われた。

石田は、遠くから彼女を見つけたが、彼女のほうは、まだ、石田を見つけていない。

何年も会わなかったのに、それほど変っていないな、と、思ったときに、石田の気持のなかに、妙に温かなものが流れた。

ずっと忘れてはいたけれど、会えばやはり身近な、ごく親しい女のように思える。

さち子のほうも、思いは石田と同じらしい。

見つけて、すこし急ぎ足に近付いてくると、しげしげと石田を眺めて、

「変ったかな、……すこしお変りになった」

と、まず、いった。

「爺いになったって、言いたいんだろ」

さち子は、首を横に振った。

「うまく行ってるのかしらん。艶が出てきたみたい」

「よせよ。急須じゃあるまいし」

軽口を叩いて、石田は、ふっと感じた。もうこの齢になると、何年かの空白などは、あってなきが如きものなのかもしれない。飛び越そうとすれば、簡単に飛び越せてしまうような錯覚を感じる。

「ねえ、何年の御無沙汰だと思う」

「さあ、何年になるかな」

「かれこれ七八年よ」

「そうか。俺にとっちゃ、つい昨日だが……」

それは石田の実感である。

また吸い始めたという煙草をつけながら、さち子は、石田に聞いた。

「ねえ、聞きたいことって、なによ」

それは、呼び出す為の、ただの口実である。

「うん、此の頃、昔の知合いが無性に懐かしくてね」

石田は、もっともらしい口実を考えていた。

「……友美は、その後、どうしてる」

「あら……」

さち子は、石田の顔をのぞき込むようにしていった。

「……ご存じなかったの。あの子、死んだわ」

石田はびっくりした。そんなこととは、想像もしなかったからである。

「結婚して……、うまく行ってたのにね。もう何年になるかしら」

「そうか。解らんもんだね」

これも、石田の実感であった。

二人は、すこし歩いて、近頃評判のフランス料理の店で、食事をした。

「この頃、ますます酔うようになってね」

食後のコニャックを飲みながら、さち子はいった。

「前からよく酔っ払ってたぜ」

「もっと深く酔うようになったのよ。ねえ、私、この頃、書いてるの」

「なにを」

「急に、書いて置きたくなったの。今までの男たちのこと」

「おいおい、恐いな。俺は勘弁してくれよ」

「大丈夫よう、イッちゃんは……。イッちゃんは、逃げちゃったもんね。抱いてくれなかったもの」

「驚いたな。そんなことあったっけ」

するとと、さち子は、すこし焦点のぼやけた目で、石田を見詰めていたが、

「書いて残して置きたいのよ。それも本当の名前でさ。だって、私の人生には、それだけしかないんだもの」

といった。

「ひとりひとり、私を愛してくれた人をぜんぶ……」

「本気かあ。……弱ったなあ」

石田の報告を聞いた一同は、頭を抱えた。

「根が文学少女だからなあ」

と、歎くのもいたし、

「金ですむことなら、いくらでも積むのに」

と、口惜しがるのもいた。

と思うと、妙な知恵を出すのもいた。

例によって、広告代理店の平山である。

「この際、体当りで行くしか手はないんじゃないかな。たとえば、石田さん、あんた、さっちゃんを口説いてくれないかな。さっちゃんは女なんだから、いくつになったって、まだ燃えるし、そうすれば、回顧録のほうだってお留守になって……、でも、気が進まんだろうねえ……」

「当り前だよ」

いよいよ万策尽きたかという時に、嶋が、変なことを思い出した。

「待てよ。さち子は、たいへんなカツギ屋じゃなかったっけ。ほら、名前だけでも何度変えたか……」

すると、平山が、膝を叩いて叫んだ。

「それだ。諸君、これで救われたかもしれんぞ」

その思いつきは、みごと図に当った。

実は、さち子が、いつもお伺いを立てに行く占い師を拝み倒して、ひと芝居打って貰うという苦しい策だったが、これが効いたのである。

さち子は、せっかくの回顧録を半ばで断念し、それを焼き捨てた。

一同がほっと胸を撫でおろした直後に、石田の名前で、それぞれの家あてに、酒が届いた。

「なあに、これ……、近火御見舞って」

嶋の家でも、細君が首をかしげた。

嶋はにやりとした。

「油断大敵、火がぼうぼうってやつさ」

嶋によらず、平山によらず、この一件に関わった連中には、なんの説明も必要なかった。


〔1987（昭和62）年「オール讀物」4月号 初出〕

# あとの祭

なまあたたかい春の風が吹き荒れた日であった。

入口から吹き込む風のせいで、地下鉄の駅の構内も埃《ほこり》っぽい。

高木は、こんな日が苦手である。

なんとなく気もそぞろに、一日が終ってしまう。

顔をしかめながら、エスカレーターで上へ運ばれて行く途中で、声を掛けられてびっくりした。

怜子だ、と解ったときには、もう、すれ違っていた。

そのまま、高木は上へ、怜子は下へと、どんどん遠ざかって行く。エスカレーターの速度というのは、案外ばかにならない。

高木は、苦笑しながら、降りて行く怜子に手を振った。怜子も、手を振っている。

折り返して降りて行こうか、と、一瞬思案したけれども、やめにした。

怜子の方は、どう思ったのか解らない。

高木は、昇りつめたところで、怜子にもう一度、さよならの意味で、手を振った。怜子も、それに応えた。

多分、これでいいのだろう、と高木は思った。

高木と、怜子は、二年前に離婚している。

おたがいに、別々の方向へ歩いて行って、段々遠くなって、そのうちに姿を見失ってしまうのが自然でいい、と高木は考えている。

エスカレーターでのすれ違いは、その点で巧まざるユーモアだった、と、彼は感じた。

これが、道ばたで出会ったのなら、手を振るだけではすまない。ふたことみこと、会話も交さなければならないし、気も遣うだろう。彼にはそれが億劫なのである。怜子の方はどうだか知らないが、高木の方は、まだなにか気持のなかにこだわるものが残っていて取れない。それを早く吹っきってしまいたいというのが、今の高木の心境だった。


その夜、電話のベルが鳴ったとき、高木は、すぐ、怜子からだな、と、思った。

「どうして、あんなに気難しそうな顔をしてるの」

昼間すれ違ったときのことをいっているのだな、と、すぐ解った。

「目にゴミが入ったんだ。まだ痛い」

風で舞い上った小さな塵《ちり》かなにかが、目に飛び込んだようで、初めはただごろごろとした感じだったのに、段々と痛み始めた。

自分のマンションに帰ってきて、鏡でよく見ると、片方の目蓋《まぶた》が、いくらか腫《は》れぼったくなっている。目蓋をひっくり返して、探してみても、馴れないことなので、一向にゴミの所在は見つからなかった。

高木は、諦めて、冷やすことに専念した。

タオルを濡らして、それを当てていると、いくらか楽にはなる。涙と一緒に流れてくれればいいと思って、何度か目薬をさしたが、結局効果はなかったようだ。

「冷やした方がいいわ」

「今、冷やしてる」

「早くお医者に行けばよかったのに、眼球に疵《きず》がついたりしたら、大変よ」

「うん、明日になったら行くさ。ところで、なにか用か」

彼は、ちょっと邪慳《じやけん》な言いかたをした。

「べつに用事じゃないけれど……」

怜子は、傷ついたような気配は、見せなかった。

彼はいくらか悪びれて、話題を転じた。

「仕事は、うまく行ってるのかい」

「ええ、なんとかね」

怜子は、高木と別れる以前から、ある小さな事務所で、編集の仕事をしている。企業のＰＲ用の小冊子を請負うのだが、小さな事務所だから、世間が好況のときは、結構それだけでやって行けた。そのＰＲ誌の仕事が、怜子の事務所に廻ってきたのも、もともと高木の口ききからであった。

それが、ここへきて、どの会社も一様に渋くなった。ＰＲ誌を廃止しないまでも、予算面でいろいろ文句が多くなってくる。下請けの編集事務所は、その皺寄せを当然、真っ向から受けることになる。

怜子の事務所のようなところは、ひとつ仕事を失えば、たちまち存立も危うくなる。

世のなかの景気がよくて、どこの企業も、そうしたPR誌に気前よく金を費《つか》った頃に、それ目当ての事務所というかプロダクションというか、その類いのものが無数に出来た。

そのての事務所は、たいてい横文字の社名をつけている。恰好のいい名前だが、名前を聞いただけでは、どんな業種の、なにを目的とする事務所なのか、見当もつかない。

そして、そこに所属する編集者と称する連中も、大半は全くの素人である。雑誌の編集はこれが初めてというのも多いし、どこかの出版社に二三年勤めたとか、その程度の経験しか持っていないのが大半を占めている。

好況の頃には、その種の事務所に、どっと編集者志望の男女が押し寄せた。

いわゆる知的職業というものにあこがれる人々である。

小さな事務所なら、勝手もきくし、社員教育などというようるさいものもないし、自由な発想や自分の才能が生かせる。第一、気楽でいい。みんながそう思ったのである。

そして、いろいろな点で始末に困る自称編集者が、あふれることになった。

高木は、広告代理店に勤めて十五年ほどになる。

主に新聞雑誌相手の仕事をしてきたから、多少はその世界の事情に通じている。

その彼の目からすると、ほんの僅かな例を別にすれば、その種の編集事務所は、危なっかしくて見ていられない。一度大きな波をかぶれば軒なみあとかたもなくなってしまって不思議はないように思える。ちょっと見こそいいかもしれないが、立っている地盤は脆《もろ》く、土台も心もとない。

怜子が、そんな事務所のひとつに入って、編集の仕事をしたいといい出したときに、高木は反対した。

勤めそのものにも賛成でなかったが、編集の仕事はまして反対だった。

怜子の性格には合わないと思ったのである。

やめた方がいいんじゃないか、と、高木がいったとき、怜子は心外という顔をした。

「なぜなの」

誰でも、自分の能力を伸ばす機会があったら、それを試すべきだわ、というようなことを彼女はいった。

高木は、その意見の出どころを知っている。

怜子の古くからの友人で、その種の事務所をやっている女である。ことあるごとに、今はやりの働く女性賛美論をぶつ女で、高木は、その女の名前を耳にするだけでうんざりした。

彼は男女差別論者ではないが、その女の議論を聞かされたお蔭で、自分がいくらか男女差別論の方へ押しやられたような気がする。

怜子は、その女に散々吹き込まれたようで、すっかりその気になっていた。つまり、怜子は有能な編集者になる才能を持っているのに、むざむざとそれを、家庭の瑣事《さじ》のなかで朽ち果てさせようとしているので、今、家庭を出て、その才能に磨きをかけなかったら、もう永久に機会はない、そんなふうに持ちかけられたのだと思う。

要するに、その女史が、自分の事務所に、気心の知れた部下が一人欲しかっただけなのである。その為に、他人の家庭がどうなろうと、そんな事はお構いなしだし、考えてもいないのかもしれない。

高木は、極力、怜子を翻意させようと努めたが、結局は無駄だったようである。

怜子は、いい出したら、あとへは退かない。

自分で、それをよしとしているところがある。いい出したことを引っこめるのは、非を認めることだと思っているようだ。

家庭では、それで通ることはあっても、仕事となると、そうはいかない。特に編集などという仕事は、妥協につぐ妥協である。よほど、自分を空しうすることの出来る柔軟な人間でなければ、とても長続きはしない。

怜子が、そういう仕事の性質をどこまで解っているのかと、高木は気が重かった。

しかし、面とむかって、それをいうだけの勇気はなかった。

勤めに出ることの是非についても、同じだった。

自分の妻に向って、お前は社会的訓練が欠けているからとは、なかなかいえないものである。

あんな女を貰った亭主の面《つら》が見たい、と、いつか噂されるのではないかという不安もある。

高木は憂鬱だった。

どう転んでも、いいことはなさそうである。

それを未然に防げないというのは辛いことだった。

どうにでもなれ、というのが、高木の、内心の結論だった。

夫の沈黙を、怜子は、自分の勝ちと取った。

翌日、近くの眼科の医院は、折り悪しく休んでいたので、高木は、知合いの内科の医院を訪ねた。

「ほう、大分腫れたね」

その医師には、以前、風邪のときに診て貰ったことがある。近所の評判では、誤診が多いという話だが、目のゴミくらいなら、誤診の余地はない。

「すみません、眼科が休診だったもんですから……」

高木は前もって言訳をした。

診察室の壁に、外国の風景写真が掛っている。

遊び好きで、暇さえあれば、外国に出掛けて、ゴルフをしたり、女遊びをしたり、いい身分だという噂もある。多分、壁の写真も、道楽の一部だろう、と、高木は思った。

医師は、ゴルフ灼けした腕を伸ばして、高木の目蓋を引っくり返した。

「ああ、あるある。こりゃでかいや」

医師は、子供のように声を上げた。

そして、ガーゼの端を使って、難なくそのゴミを拭い取った。

ぽろぽろと涙がこぼれて、目の前が霞《かす》んだ。

「ほら、これ……。大きいでしょう」

片目で見ると、真っ白なガーゼの上に、小さな、小さな、黒い点が見えた。

目の前に差し出されなければ、とても気がつかないほどの細かなゴミである。

こんなものに悩まされたのかと思うと、高木は腹立たしい気がした。

「春先は、これで駈け込んでくる人が結構いてね」

医師は、そういって、機嫌のいい表情を見せた。

「小さいけれど、馬鹿にならない。ま、おだいじに……」

高木は、点眼薬を貰って、医院を出た。

痛みはまだ残っていたし、片目は腫れたままだった。

薬局で、眼帯を買うのに、だいぶ手間取った。それほど必要でもなかったが、腫れ上った目のことで、他人からあれこれ聞かれるのがいやだったのである。

「さて、どこに置いてあったか……」

薬局の主人は、あちこち探し廻ったあげくに、やっと奥の方から、眼帯を見つけてきた。沢山穴のあいた白いセルロイドの小片の、左右の端に、白い細いゴム紐がついている。昔ながらの眼帯である。

帰って、鏡の前で、その眼帯を掛けてみた。

白い眼帯と、真っ白なガーゼのお蔭で、なんだか、いつもより、きりりとして見える。腫れた片目をそのまま見せているより、よっぽどましである。

高木は中学生のように、熱心に鏡に見入っていたが、やがて、ふだんの日よりいそいそと会社へ出掛けた。

怜子と別れた理由は、彼女の浮気からだった。

高木が懸念していた通り、怜子は変った。

勤め始めると、間もなく煙草をまた吸うようになり、酔って夜おそく帰ることが多くなった。

初めは、家庭を出て、おもての生活を満喫しているように見えたが、それも、ごく僅かの間だった。

怜子は段々といらいらし始め、どこかぎすぎすした様子が目立つようになった。

以前のような、ふっくらとして、気のいい女というところは、すっかり失われてしまったようである。

予想していたこととはいえ、高木は、それが残念だった。もっと強く反対して、とめておけばと、何度か後悔したが、今さらという気もした。とにかく怜子は、思い通りにその道を選んだのである。一旦言い出したことは撤回しない女だから、仕方がない。

そのうちに、よもやと思っていたことが起った。

怜子に男が出来たらしいという噂が、偶然高木の耳に入った。

相手の男は、そのPR誌を出している会社の、広告担当の重役である。

それを耳にしたとき、高木は、これは駄目だと思った。

高木も、広告業界の男だから、あちこちに情報源を持っているし、裏の駆引きにも通じている。

これは、ただの色恋ではないという勘が働いた。

怜子が、功をあせったのか、それでなければ、怜子の事務所の女社長が、怜子を盆に載せて献上したのか、どっちかである。

高木の心境は複雑だった。女房の情事に嫉妬するよりも、むしろ、商売の下手さに腹が立った。もし、それでスポンサーをつなぎとめることが出来ると思ったら、あまりにも愚かな策である。

高木たちの観測では、その広告担当重役はもう長くない。となると、後任に坐る男に、絶好の口実を与えることになる。しぼられた上にあっさり切られて、後任者の息のかかった別の事務所が、後釜に据えられる。高木にはそれが目に見えるような気がした。まごまごすれば怜子の男である重役も、社内的に追い落されることもある。下請けの事務所と担当の男との金銭関係を洗えば、いくらでもタネは出てくる。

高木は、早いうちに手を打った方がいいと判断した。

その方が怜子のためでもある。

そして、避けようとする怜子をつかまえて、或る日、長い時間、話し合った。

怜子は、頑として、非を認めなかった。むしろ憤然として家を出て行った。二三日して、彼女の代理と称する弁護士から電話が掛ってきた。離婚について話し合いたいというのである。

高木には、とうとう行きついたかという印象があった。

別れてからの怜子のことは、ときどき噂で聞くだけである。

相手の男には、結局、遊ばれただけで、振られたようだと聞いて、高木はちょっと胸が痛んだ。相手の方がずっとしたたかなのである。

解りきったことなのに……、と、高木は思う。なんでも体験してみなければ解らないというのは不幸なことだ。どん底まで体験しないうちに立ち直ってくれれば、と、願うしかない。

怜子は、このところ、ときどき電話を掛けてくる。いつも深夜である。

酔っていることもある。

「ねえ、泊りに行ってもいい」

と、いったりする。もっと露骨な表現の場合もある。

高木も独身のままだから、困ることがある。

「よせよ、挑発するな」

と、断るのがやっとである。ときにはその文句もひどく歯切れが悪くなる。

「いいわよ。これから押し掛けるから」

「駄目だ。それなら俺はすぐ出掛ける」

「意地悪」

こんなやりとりをすることもあった。

涙声を出されると、高木は弱い。

「ねえ、たまには会ってほしいの」

「会わない方がいい。ちゃんと別れたんじゃないか」

「ちゃんと別れたんだから、他人として会うぶんには平気でしょ」

「そうはいかない。そう簡単に他人になれないんだ。俺は」

「じゃ、新しく恋人になって」

「なれない」

そんな話をしていると、高木は、ふと錯覚にとらわれそうになる。

怜子が、鼻をくすんくすんとさせて、涙声になると、高木も、なにか甘悲しい思いで鼻の奥が痛くなる。

ひとこと、来いよ、といえば、それで万事解決してしまう。そして、もしそういえば、また以前と同じか、それ以上の、我慢の生活に戻ることになるのを、高木は身にしみて知っている。

高木もまだ四十そこそこだし、怜子も三十代の半ばだ。これまでと違う人生を見つける時間はまだある。そう思うことで、高木はやっと踏みとどまる。

電話の向うで、長い溜息が洩れる。

「わかってるわ」

怜子はいう。

「なにもかも、あとの祭。……そういいたいんだわ」

そして、電話が切れる。

高木の胸は、もう一度、疼く。


〔1987（昭和62）年「オール讀物」5月号 初出〕

# ドリーム・ライン

伊坂が、朝の珈琲に口をつけたときに、下の道から、賑やかな声が聞えて来た。

「あら、もう来たわ」

細君の三津子は、驚いたような顔をして言った。

「……いやだわ。まだ支度もしてないのに」

伊坂は、ひと口、珈琲を飲むと、咳払いをした。煙草を吸い過ぎるせいか、朝は痰《たん》が喉にからむ。

「……待たせて置きゃいいさ」

咳払いしてから、こう言った。

「でも、落ちつかないじゃないの。……あの子たち、弘にちゃんと朝御飯食べさしたのかしら……」

三津子の言うことには脈絡がない。思いつくままに、なんでも口に出す。

声が近付いて来た。息子の徹の夫婦と、孫の弘である。

お早う、という声と共に、三人が入って来た。

「お早う、ジイジ」

弘が、伊坂に声を掛ける。伊坂の顔がほころぶ。

「ああ、お早う」

「あなたたち、御飯食べたの？」

三津子が聞いた。

「ええ、とっくに」

と、嫁のルイ子が答えた。

「……あら、お母さまたち、まだお食事中だったんですの」

「いや、もういいんだ」

と、伊坂は、珈琲のカップを押しやって弘を呼んだ。

「弘、こっちへおいで」

「あら、もういいんですか」

と、三津子は呆れたような声を出した。

「もういい。昨夜すこし飲み過ぎた」

「ゆっくりどうぞ、僕たち、待ってるから」

徹は、どっかと椅子に腰をおろして、そう言った。髭《ひげ》は綺麗に剃《そ》っているが、髪の毛に寝ぐせがついて、横の毛が持ち上っている。

「僕、珈琲、欲しいな」

「はいはい。ルイ子は」

「結構ですわ。あ、私、しますから」

「いいわよ。あなたは坐ってらっしゃい、徹、ミルクは」

「いらない」

「あ、ぼく、ミルク飲む」

弘が、伊坂の膝の上で叫んだ。

グラスのミルクを、弘が飲むのを見ながら、伊坂は、不思議に思った。

つい此の間までは、伊坂の膝の上でミルクを飲んでいたのは、徹だった。

その徹が、いつの間にか小肥りの父親になって、向いに坐っている。そして、伊坂の膝の上の幼児は、孫と替っている。

いつの間に、そんな長い時間の経過があったのか、伊坂には覚えがない。

老いた実感もないし、万事が、錯覚のように思える。

三十年経ったんだから、と、自分に言い聞かせてみても、嘘のように響く。

そんなもんなんだよ、と、誰かが言っていた。

(子供が生れたら、あとは、あっという間さ。早い、早い。そして、お爺ちゃんと周囲から呼ばれるようになった時に、また世界がゆっくり廻り出したみたいな気がする。その時は、もう、あとがない。そういう寸法さ)

そんなことを言っていたのは、誰だったろうか……。

村越という、伊坂のすこし先輩に当る男がいた。

多分、彼がそう言ったのだと思う。

村越が倒れる三日ほど前に、伊坂は、彼と酒場でばったりと会った。

彼は、しばらく前に会社を退職していた。

近況を聞くと、村越は、にやりとして、

「ちょっと旅行をする」

と、答えた。

「懸案の、旅行だ」

という。

「旧婚旅行ですか」

「まあ、そんなもんだ。遅らせ遅らせしてたもんで、高いものにつきそうだよ」

村越は、嬉しそうに、外国旅行のプランを、伊坂に説明した。

「大旅行だなあ……」

「いいぞお。季節も絶好だしな」

その三日ほど後に、村越は倒れ、あっけなく逝ってしまった。誰とも言葉を交す余裕がなかったらしい。

通夜の席で、伊坂は、それとなく未亡人に旅行のことを聞いてみた。

未亡人は、初耳という顔をした。

多分、村越は、彼女には内緒で、準備をすすめていたのだろう。驚かすつもりで、それを楽しみにしていたのだろうと思うと、伊坂は暗然とした。

「ジイジ……」

はっと気がつくと、弘が目の前に立っていた。

「早くお支度して下さいって」

伊坂は一瞬戸惑った。なんの支度だろう。

ああ、そうか。ドライヴに行く約束だった。

そそくさと身支度をして、下の道に駐めてある車のところまで降りて行く。

「あなた、あの籠は？」

「え？」

伊坂は首を傾《かし》げた。なんの籠のことだ。

「ドアの横よ。持って来て下さいって頼んだでしょ」

「そうか」

伊坂は頷いた。覚えはないけれど、多分頼まれたのだろう。

「忘れてた」

彼は、とって返して、またドアを開け、そこにあった細君の手提げ籠を発見した。

なかを覗くと、スウェターと、老眼鏡のケースと、小物入れの袋が入っていた。

スウェターの胸には、大きな兎の模様がついていた。赤い目をした太った兎である。首をひねりながら、拡げてみて、すぐ解った。弘のである。この前来たときにでも忘れて行ったのだろう。

「随分、緑が濃いくなったわね」

と、三津子が言う。

濃いく、というのは、彼女の口ぐせだが、ただ、濃くというより、この場の感じに合っていた。

道路は、大きなカーヴを繰り返しながら上って行く。

すっかり初夏の景色になっていた。

厚い緑に覆われて、山肌はほとんど見えない。

稜線が柔らかい。

「徹さんの頭みたいね」

と、前のシートに、徹と並んで坐っているルイ子が、くっくっと笑った。

「なんでだ」

と、運転しながら、徹が聞く。

「あっちの山なんかそうよ。ほら、てっぺんが透《す》いて見える」

「冗談いうなよ。あんなじゃない」

徹は一笑に付した。

「ほんとよ、ねえ、お母さま」

ルイ子が助太刀を求めると、後の席から三津子がそれに和した。

「ほんとに、徹さん、あなた、冗談じゃないわよ。養毛剤使ったらどう」

「……使ってるよ」

徹は、口をとがらせた。

「でも、効かないみたい。うしろからそうじろじろ見るなよ」

ルイ子も三津子も、面白がっているようだった。

「いやあねえ。この頃の男は早いのねえ」

三津子は、そう呟いた。

伊坂は、遠景の山のひとつに目を留めた。どこかで見たことのある山と似た形をしている。

眺めているうちに思い出した。

戦争の頃、学生だった伊坂たちは、動員されて、工場で働いていた。

工場は、東京に近い海沿いの町にあった。

町は、小さな山を背負っていた。

その山である。

もう敗戦に近い頃の、初夏で、その山も、今伊坂が眺めている山と同じように、濃い緑に包まれていた。

米軍の艦載機が、ひっきりなしに空襲に来ていた。

艦載機は、山を廻って突然姿を現わし、あっという間に機銃掃射と爆弾投下を繰り返すと、海上へ抜けて行く。

工場には、待避壕があるにはあったが、それも、待避する余裕があったときの話で、たいていの場合は不意打ちを食って、その場に転がって難を避けるしかなかった。

或る午后、機械と取組んで作業に精出していた伊坂たちの上に、工場の屋根を通して、機銃弾の雨が降りそそいだ。

気がつくと、埃が立ちこめていて、伊坂は機械の蔭に転がっていた。

どこかに身体を打ちつけたような気はしたが、血は出ていなかった。

すぐ横に横山という中年の工員が倒れていた。海老《えび》のように身体を曲げて、呻《うめ》いている。

伊坂は、その両脚をつかんで、引きずった。

重かった。

息を弾ませながら、建物の出口まで引きずって来て、伊坂は目を疑った。

すぐ隣にあった筈のメッキ工場の建物も、その隣に続いていた診療所の建物もなくなっていた。

そして、真正面に、町の背後の山がまるまる見えた。眺めを遮るものは、なにもかもなくなっていた。

立ちすくんだ伊坂の耳に、やっと、空襲警報のサイレンが鳴り始めるのが聞えた。

「あなた、なんになさる?」

と、三津子の声がした。

伊坂は、われに返って、あたりを見廻した。

そして、溜息をついた。

急に身体から力が抜けて行くような気がした。

三津子と徹夫婦、それに弘が、テーブルの向うから、彼を見詰めている。

展望台のレストランである。

「珈琲だ」

と、伊坂は、慌てて言った。

「ほかに、なにも上らなくていいの?……朝御飯殆《ほとん》ど上らなかったでしょ」

と、三津子が言った。

「それもそうだな。君はなににする?」

「私は洋風弁当」

「ぼくはハンバーガーだよ」

と、弘が言った。

「そうか、……じゃ、洋風弁当、それに、珈琲を貰おう」

さすが日曜日で、レストランのなかは、客で混み合っていた。窓越しに見える駐車場もほぼ一杯になっている。同じような車、同じような構成の家族、同じようにドライヴに来て、同じようなものを食べる。そして、同じように日曜日を過す。

どのテーブルの顔も、結構楽しそうに見える。口喧嘩をしている若い夫婦もいたが、やがてけろりと仲直りしてしまうに違いない。

天下泰平だな、と、呟きかけて、伊坂は思い止まった。厭味《いやみ》に聞えるだけだと悟ったからである。この店の客の殆どは、映画でしか戦争を知らない。何人か年輩の男女がいても、もう、空襲の記憶など綺麗さっぱり忘れているだろう。

「なにを考えてらしたの」

と、三津子が小声で聞いた。

永年連れ添っていれば、それくらいは察しがつく。

「いや、なにも……」

「嘘……。ぼんやりして」

「宿酔《ふつかよい》だろう。頭が痛い」

伊坂は、言訳のように、こめかみのあたりから、首筋、肩と自分で揉みほぐした。本当に軽い頭痛がしていたし、首から肩にかけて凝りが感じられた。

徹たちは、ドライヴの帰りに、両親を送り届けると、そのまま晩の食事をして行くことになった。

三津子が、弘を離したがらなかったからである。

途中、海岸の町を通り過ぎたときに、三津子は、車を停めさせて、そこの魚市場で、魚を沢山買い込んだ。

それは、徹たちをひき留める口実のひとつでもあった。

「私たちだけじゃ、とても食べ切れないじゃないの。一緒に食べて行ってよ」

三津子の魚料理は手馴れたものである。

ルイ子の齢になると、もう、魚は扱えない。

ただし、食べるのは大好きである。

鰹《かつお》と、鱚《きす》と、蛸《たこ》で、晩の食卓は賑やかなものになった。

「今日ドライヴしたあたりを、ドリーム・ラインっていうのね。最近開通したばかりなんだよ。まだ、ふた月か、みつきね」

「へえ」

「だから、結構混んだんだよね。みんな走ってみたいんだ」

「眺めがいいじゃない」

「ドリーム・ラインとは……」

伊坂は苦笑しながら言った。

「また、甘ったるい名前だなあ」

「私はいいと思うけど」

と、ルイ子が言った。

「弘はどう思う?」

と、三津子が弘を突っついた。

「ぼく、よくないと思う」

「ふうん」

三津子は嬉しそうに笑った。

「どうしてですか、弘くん」

「どうしてだか、わかりません」

弘はきゃっきゃっと笑って叫んだ。

「甘ったるい!」

どうやらその言葉が気に入ったらしい。

その弘が、やはり疲れたと見えて、あっさり寝込んでしまうと、三津子とルイ子は、台所であと片付けを始めた。

伊坂と徹は、テレビを観ていたが、やがて徹もうとうとし始めた。

伊坂は、テレビの映画を、漫然と眺めていた。

ゲーリー・クーパーの、「誰が為に鐘は鳴る」であった。

古い映画である。伊坂は何度もそれを観たことがあった。

観ているうちに、伊坂は、段々と引き込まれて行った。

うろ覚えで、あちこち欠けているが、それでも、次第に思い出して来る。

ゲーリー・クーパーの扮するアメリカ人は、義勇兵として、人民戦線に投じて、山間の鉄橋を爆破した。

橋を爆破し終ったゲリラ達は、向うの岸から射って来るファシストの弾雨のなかを、引き揚げ始める。

（ジョーダン、……そうだ、ロバート・ジョーダンだったっけ）

無事に逃げのびる為には、遮蔽物ひとつない道路を百米ほど走り抜けなければならない。ジョーダンは、仲間たちをなんとか突破させたあとで、最後に、その弾雨のなかを突っ切ろうとして、倒れる。

脚を射たれたジョーダンは、もう脱出は不可能だと判断して、一人踏みとどまって、敵の追撃を阻もうとする。

自分も残ると泣き叫ぶマリア、イングリッド・バーグマンの扮するスペイン娘の演技が哀切を極める。

伊坂は、イングリッド・バーグマンという女優が好きだった。恋する女をやらせたら、右に出る者はいなかったと思っている。

この映画のバーグマンは、やはりいい。

伊坂は、いつか映画のなかに入って行った。

画面のロバート・ジョーダンと同じ呼吸をし始める。

ソファに腰掛けてはいても、呼吸しているのは、一九三〇年代のスペインの空気である。

赤茶けた、岩だらけの地面、烈しく空気を切り裂く弾丸の音、そして、迂回してじりじりと迫って来る敵軍。

マリアを帰して、ジョーダンは、一人、機関銃を構え直して、敵を待っている。

陽差しは強く、多量の出血で、ジョーダンの意識は、次第に薄れ始める。

(眠ったら駄目だ。気を取り直して、そうだ、もうすぐ敵がやって来る……)

……今や、伊坂は、画面のその米国人と一体になっている。

(……マリア、私はここで死ぬだろう。しかし、君はいつまでも生きてくれ。君が生きている限り、ぼくは君の心のなかで生き続ける。マリア、それを信じて欲しい)

伊坂は、心の奥深くで、そう呟く。

彼の血は身体のなかで熱くたぎり、自分で自分のその言葉の美しさに酔っている。

(それでは、さよなら、マリア。君たちが無事に逃げのびられるように、ぼくはここを守る)

彼は、心のなかで、マリアに最後のさよならを言い、近付いて来る敵を目がけて、機関銃の引金を絞る……。

「お父さま、テレビを観て、涙ぐんでいらっしゃったわ」

弘の様子を覗きに行ったルイ子が、そっと報告した。

「驚いちゃった、私」

「ときどき、ああなのよ。泣き虫なのね」

三津子は、そう答えて、顔をしかめて見せた。食器の山は、やっと綺麗に片付いた。


〈1987(昭和62)年「オール讀物」6月号 初出〉

# ひとの眺め

大通りから、ひと筋入ったところに、公園があった。

ほそ長い、小さな公園である。

ほそ長いのも道理で、そこは、以前、どぶ川だった。

それが暗渠《あんきょ》になって、上に公園がつくられた。

流れていたのが、どんな川だったのか、亮子は知らない。

彼女が、この町に越して来たときに、この公園はもうあった。

亮子は、朝、夫を送り出してから、家事がひと区切りつくと、ときどきこの公園にやって来る。

昼近ければ、近くの店で、パンを買い、ついでに、コーラか牛乳も買って、公園のベンチで、ひっそりと食べる。

公園の植木の大半は、欅《けやき》で、冬の間はすっかり葉を落す。

敷地の北側は、背の高いマンションだから、冷たい風は、ほぼ遮られて、恰好の陽だまりになる。

今はもう、その欅は、いっぱいに葉をつけて、快適な陽蔭を作っている。天気のいい日には、木洩れ陽が、土の上に、さまざまな模様を描く。

このあたりで、むき出しの土が見られるのは、住宅の庭以外には、この公園くらいしかない。

陽当りのいい側には、砂場と滑り台と、ブランコがあった。

午前中いっぱい、そこは、小さな子供を連れた若い母親たちで賑わった。

子供を遊ばせながら、自分たちも、雑談で時を過す。昼近くなると、それぞれ子供を連れて帰って行く。まだ幼稚園にあがる前の小さな子供ばかりである。いずれも、近所のマンションなどに住む連中なのだろう。

亮子が、いつも選ぶのは、木蔭のベンチである。

ベンチは、砂場や、子供たちが遊んでいるところから、すこし距離を置いた場所に据えられていて、その間に、公園を貫通する歩道があった。自転車に乗ったり、私鉄の駅まで近道をしようとする人々の通り道である。

亮子は、そのベンチに腰をおろして、遊ぶ子供たちを眺める。

母親たちの大半は、亮子と似たりよったりの年頃であった。三十をすこし出たぐらいの年恰好で、話し振りや、服装も、若々しい。スウェターの胸も大きく盛り上っているし、二の腕も張り切っている。

同じ年頃ではあっても、亮子は、彼女たちに話し掛けたいとは思わなかった。話し掛けられても困るという気がした。話すのが億劫でもあり、面倒でもあった。

だから、自分から間をとって、近付かないのである。幸い、見とがめられて、露骨な視線を浴びることもなかったし、気詰りな思いをするようなことは、それまでになかった。

淋しいような気にならないでもないが、亮子には、その状態が気楽だった。

すこし離れて眺めていると、遊んでいる子供と母親たちの一群は、動物園の囲いの中の動物のように見えた。子供を連れた母親の姿は、なによりも、人間以外の動物たちの生態に近いものを感じさせる。

亮子は、それに気がついて、苦笑したことがある。息子の手を引いて歩いていた時の自分も、誰かの目から、そんなふうに見られたことがあるのではないかと思った。

思い出すと、急に目の前が曇った。

考えないことにした筈である。

終ったことである。今さらどうなるものではなかった。

その男が、隣に来て、腰を掛けたのは、そんな時だった。

声を掛けられたように思って、そっちを見ると、初老の男がいた。

「よろしいかな」

と、いったような気がする。

亮子が頷いて、すこし横に寄ると、その男は会釈して、空いている方の端に、腰をおろした。

近所の人だろう、と、亮子は思った。散歩の途中かなにかだろう。気軽な*なり*をしていた。

男は、ゆったりとベンチに尻を落ちつけると、煙草を取り出した。

煙草の匂いが、漂ってきた。

砂場で遊んでいた子供の一人が、急に泣き出した。

「……やれやれ、どうしたのかな」

と、隣の男が呟いた。

亮子は、ちょっとためらったが、それに答えていった。

「砂が目に入ったようですよ」

「はあ、やれやれ」

「赤いスウェターの子が、砂を掛けたんです」

「へえ……」

そこでは、小さな騒ぎになっていた。砂を掛けた方の子は、母親から叱り飛ばされ、掛けられた子は、母親にすがりついて、泣きわめいている。その母親は、あわてて、子供の目を調べようとしているが、子供は烈しく頭を振って泣きじゃくるばかりで、母親に手を触れさせようとしない。

「たいへんだ。砂が入ったんじゃ、さぞ痛いだろう」

男はまた呟いた。

「目をこすりさえしなければ、大丈夫じゃないかしらん」

「そうですか」

「……あれだけ泣けば、多分、涙で流れ出るだろうと思います」

亮子がそういうと、男は感心したように、

「そうですか、……それなら安心だが」

といって、亮子を見た。

「あなた、ご近所ですか」

「はあ……」

「そうですか、そういえば、以前にもお見掛けしたことがあった」

「あら」

亮子は目を丸くした。全く、どこで誰に見られているかわからない。同時に、軽い警戒心も湧いた。

「どこでかしら」

男は、他意なさそうな笑みを浮べて、目の前のマンションの上の方を指した。

「私の住いは、あすこなんです。三階の、ほら、左から三つ目の窓がそうです」

「あら、そうなんですか」

亮子には、それで合点がいった。

その窓から見おろせば、公園は真下に見える。

このベンチまで、ひと目で見渡せるわけだ。

「上から見てらしたのね」

「そうです」

男は頷いて、いった。

「子供たちが、遊んでいるのを見るのが好きでね……」

そして、

「……あなたも、そうなんですか」

と、亮子に聞いた。

「ええ」

そう答えると、男は頷きながら、

「面白い。……見てて飽きない」

と、ひとり言のようにいう。

「動物園の猿山と、どっちかという位だ」

亮子は、吹き出した。

「お口が悪いのね。そんなことを仰言《おつしや》って」

「そうかな。しかし、そうじゃありませんか」

「ええ、仰言る通りだと思います。……私もときどき、それを連想したことがあります」

亮子が認めると、彼は、穏やかな笑みを浮べて、

「ウォッチングというやつですな」

といった。

「……あの番組を知ってますか」

「ええ、よく観ます。タモリのでしょう」

「そう、あれは好きでね」

そのテレビ番組は、亮子も好きで、ときどき観ている。いろいろな動物の、珍しい生態を写したヴィデオを観ながら、司会者のタモリと、ゲストの、動物の専門家が語り合う趣向の番組で、笑わせたり、驚かせたり、なかなか面白い。

「そういえば、いつかの、ジャコウネズミの回を見ましたか」

「あ、見ました。あんなに面白かったことないわ」

亮子は、声を弾ませた。

それは、ジャコウネズミの母親と、生れたばかりの仔ネズミたちを写したもので、どこへ行くにも、母ネズミを先頭に、その尻尾をくわえた仔ネズミ、そのまた尻尾をくわえた次の仔ネズミと、十匹近いのが、数珠《じゅず》つなぎになったまま、一糸乱れず、足まで揃えてちょろちょろと行進してゆくのである。

観ていた亮子は、あまりの可愛さに、笑い転げ、そして最後には、涙さえ浮べた。

「あんなネズミがいるなんて、ねえ……」

「そう。あれには参った。可愛くて、可愛くて……」

亮子と男は、顔を見合せて笑った。

見知らぬ相手だけれど、悪い男ではないようだ、と、亮子は思った。話し相手が欲しかったのかもしれない。きっと、淋しい人なんだわ。

そんな余裕が、気持のなかになかったら、亮子は、その男がこう質問したことに対して、多分、答えを渋るか、いい加減に受け流しただろう。

「ぶしつけかもしれないが……」

男は、ちょっと言いよどんだが、穏やかにあとを続けた。

「……あなた、お子さんは……」

「いいえ」

と、亮子は言いさして、改めてきっぱりと答えた。

「……なくしました」

「……そうですか。悪いことを聞いてしまった」

「いいえ、いいんです。交通事故だったんです。……私が運転をしていて」

すらすらといえたのが、不思議なくらいだった。

彼女は、そのことに感動した。

事故のあと、亮子は、運転をやめ、この町に引越した。夫も住所を移すことに賛成した。ふたりして新しい生活を始めようと話し合ったのである。

事故のなごりは、傷跡と、時折感じるかすかな頭痛になって、亮子の身体にあとをとどめている。

彼女は比較的軽傷で済んだが、息子の和樹は不運だった。

それからもう五年になる。

話を聞いて、男は長い溜息をついた。

「そうでしたか。……なんとなく気になったので、伺ったんだが、思い出させてしまったな……」

彼は、新しい煙草に火をつけ、苦そうに吸った。

そして、しばらく、遊んでいる子供たちの方へ目をやって、黙然と煙を吐いていたが、やがて、亮子を振り返ると、打明け話をするときの口調で、こういった。

「……ぼくはね、このベンチで、こうして、子供たちが遊ぶのを見ていると、叔母のことを思い出すんですよ。叔母といっても、血のつながりはない叔母なんですが……」

彼は、そう前置きして、話し始めた。

「叔母は、早くつれ合いをなくして、未亡人でした。綺麗な人でね。大柄だし、人が振返るような美女でしたよ。その叔母の家に、水戸から出て来た甥《おい》が下宿したんです。東京の大学に入ったので、親許から頼まれて、置くことになったんですね……。それが、不幸なことになったんです」

彼は、ずっと昔を眺めるように、目を細くした。

「古い話です。まだ戦争が始まったばかりの頃で……」

「一つ屋根の下で暮らして、毎日、顔を合せているうちに、その甥は、叔母さんのことを好きになってしまったんですね」

亮子は、息をついた。

「たまきさんの方も……、叔母さんは、たまきさんという名前でした。たまきさんも、さみしかったんでしょう。甥の気持にほだされたということもあったんだと思いますが、とうとう叔母甥の仲ではなくなってしまいましてね」

亮子は口をつぐんで、なにもいわなかった。それを話す男の様子が、いかにも悲しげだったからだ。

二人の間に気づいた親たちは、たいへん怒ったそうである。年下の彼を、たまきが誘惑したように誤解したらしい。

周囲が硬化するのに反比例して、二人の仲は、ますます深くなって行った。割こうとする力が、二人を強く結びつけてしまったのだといえる。

世のなか全部に背を向けてしまえば、もう恐いものはなにもなかった。叔母でも甥でもない。年上の女と、年下の男は、ぴったりと身を寄せ合って、東京の隅で暮らしていた。

平和な世のなかであったら、それで済んだかもしれないが、戦争が二人を引き離した。

大学生であっても、兵役は待ってくれない。

甥は、郷里の水戸の聯隊《れんたい》に配属されることになった。

悲歎に暮れていたたまきは、それを知ると、東京の家をたたんで、単身、水戸へ移った。すこしの間でも、彼のそばに居たい。そして見守っていたい。

たまきは、そう考えたのである。

やがて、たまきの姿は、兵営の営庭の柵の外に、毎日見られるようになった。

兵営と、俗に娑婆《しゃば》と呼ばれる世間とを隔てるいかめしい柵に寄り添うようにして、たまきは、朝から晩まで立っていた。

訓練に明け暮れる兵隊たちのなかから、甥の姿を見つけ出そうと、たまきは、目を凝らして、眺め続けた。

同じ何百何千という軍服姿のなかから、一人の男を見つけ出すことは、不可能に近い。

もし、甥の方から、彼女の姿に気がついても、軍隊という苛酷な集団のなかでは、声を掛けたり、合図をしたりすることはとても出来ない。

それでも、たまきは、欠かさずに営庭の柵のそばに立って、カーキ色の軍服の群を眺めていた。

いつか、甥が、彼女の姿を見つけて、そこに居ることを知ってくれれば、それでいい。

たまきは、そう思って、雨の日も、風の日も、同じ場所に立ちつくした。

甥は、そのことを知っていた。

来る日も、来る日も、同じ場所に、じっと立っている叔母の姿を目にして、心を熱くしていた。しかし、彼の方から、なにかの合図を送る手段は、まったくなかった。

柵の外の女の噂は、兵営中の評判になっていたが、誰一人、その女の正体を知っている者はいなかった。ただ、彼だけを除いて。

数カ月のあわただしい訓練ののち、彼等は出動命令を受けて、秘密のうちに移動した。そして、前線へ送られ、叔母と甥との間の連絡の糸は、そこでふっつりと切れた。

たまきは、その後、東京に帰った。

或る夜、東京の半ば近くを焼き尽した空襲のときに、行方不明になったまま、たまきの消息は絶えた。

「その甥御さんは、どうなさったんですか」

「戦死したらしい。その様子は解らないようだが、戦死という公報はあったそうですよ」

「辛いお話ね」

男は深く頷いた。

表情は穏やかだが、話し終って、肩を落すと、急に髪の白さや、顔の皺が目立った。

「辛い話です。こうして、このベンチに掛けて、子供や、お母さんたちを見ていると、決って、その叔母のことを思い出すんですよ。綺麗な人だった。顔立ちもよく覚えています。女優の……、誰だっけ、すぐ名前を忘れてしまう……」

男は、その名を思い出そうとつとめているようだったが、面目なげに、

「やっぱり忘れた。駄目ですな。その人に似てたと言いたかったんだが」

と、苦笑した。

ベンチから眺めると、砂場やブランコで遊んでいた子供たちも、母親たちの姿も、見えなかった。

昼食のために、それぞれ引き揚げて行ったらしい。

亮子も立ち上って、男と別れた。

歩きながら振返ると、彼は、まだベンチに腰をおろしたまま、じっと、砂場を見つめていた。

夕食のときに、亮子は、その日に会った男のことを、夫に話して聞かせた。

夫の昭は、もの静かで、口数のすくない男である。

彼は、黙って亮子の話を聞いていたが、ふっと口をはさんだ。

「そのお爺さんっていうのは、ひょっとすると、話のなかの甥と同一人物なんじゃないかね」

「まさか……」

亮子は首を振った。

「戦死したって、そういってたわよ」

「そうかな」

夫は、それ以上はいわずに、

「なんとなく、そんな気がしただけさ」

と、あっさり引っこんだ。

「……もし、そうだったら」

亮子は、そう言いかけて、あとを飲みこんだ。本当に、そんな気がしてきたからだった。


〔1987（昭和62）年「オール讀物」7月号 初出〕

# あんな暮らし

夏になると、日の当るその駅で、電車を待つのは辛い。

線路の両側は、見上げるような崖で、途中まではコンクリートで畳んであるが、上はこんもりとした緑だ。

線路からの照り返しと、風通しの悪さのせいで、フォームに立っていると、ぼうっと気が遠くなるような思いをする。

竹内は、日差しを避けて、ぼんやりと隣のフォームを眺めていた。

電車が入って来て、乗客が、日蔭から日なたへと動き出す。

午后のまだ早い時間だから、乗客の数もまばらである。

竹内は、その中の一人にふと気を惹かれた。

今どき珍しく絽《ろ》の着物姿で、パナマ帽を冠っている。

すたすたと、フォームの先の、日のいっぱい当った方へ歩いて行く。年恰好のわりには、しゃんとした足どりであった。

竹内は、首を傾げた。

彼の側からは、その男の顔は見えない。

目をとられたのは、その男のなりのせいもあったけれど、どこかで見知っている男のような気がしたからである。

小柄で、痩身《そうしん》の老人である。

見たところは、お寺さんか、邦楽などの世界にいる人のようにも思えるが、竹内は、そのどっちにもまるで疎《うと》いから、自分の目に自信が持てない。

彼が記憶の糸を手繰《たぐ》っている間に、老人は電車に乗り込んで、行ってしまった。

入れ違いに、彼の方の電車も入って来た。

電車の中でも、彼はその老人の身もとについて、思い出そうとつとめたけれど、漠としたまま、なにも浮んで来なかった。

ただ、鮮やかな夏の光のなかに、その老人の着物姿とパナマ帽がぴたりと嵌《はま》って、その周辺だけが、数十年前の戦前のおっとりとした或る日が、目のあたりに蘇ったように思えた。

子供の頃から、東京の旧市内の、その駅の近くで育った竹内には、目に馴染んだ風景というものがある。

午后の、がらんとしたフォームに佇《たたず》んでいると、竹内は、ときとして少年のような甘哀しい感傷にとらわれる。

夏になると、その思いはいっそう深かった。フォームから眺める遠景のビルなどは、すっかり昔とは変っているけれど、古ぼけた駅舎や、線路や、赤茶けた砂利や、こんもりとした緑は、一瞬、時の推移を忘れさせ、彼を少年の頃の夏に連れ戻す。

その老人を見掛けたのも、彼が、いくらか、感傷的な気分になりかけていたときのことであった。

「ちょっと待って頂戴よ」

と、なみ江が、水割りを作りながらいった。

「……クイズじゃあるまいし、私だって困っちゃう」

くるくると、バア・スプーンを操って、ウィスキーと氷と水を馴染ませる。

竹内は、その手つきを眺めていた。

なみ江は、小さなスナック〈波〉の女主人である。

四十ちょっとか、もしかすると半ばを越えているかもしれない。

亭主とは随分前に別れたという。

そして、スナック〈波〉を開店して、もう十年になる。

「もう、亭主なんかいらない」

なみ江は、そう高言している。

「でも、男は別よ」

そうもいう。

だいぶ太めではあるけれど、スナックのママとしては上の部なのだろう。駅の近辺の商店街では、美人のママさんで通っている。

汚くて、小さな店だが、竹内は、この店が気に入っていた。

気楽な店である。

カラオケもないし、若い女もいない。

客も適当についている。

どっちかといえば、高年に近い客が多くて、長っ尻や大酔する客はあまりいない。切り上げどきを心得ていて、立て混んでくると、客どうしで自然に交通整理が行われる。

客のなかには、商店の主人もいれば、社長もいる。大部分はサラリーマンだが、水商売もいるし、得体の知れない人種も多い。小さな住宅やアパートが多い土地柄だから、人口も多いし、職業も種々雑多である。此の頃はアメリカ人や、アジア系の外国人の姿も増えている。

「お待ち遠さま」

作られた水割りは、なみ江の手から、客の手をいくつか経由して、隅のテーブルの客の前へ届いた。

「ここによく来る人かしら」

なみ江は、竹内に聞き返した。話しながらも、手の方は素早く動いて、素麵《そうめん》の封を切り、ぱらぱらと鍋の湯に放り込む。

「二三度、顔を合せたよ」

駅で見掛けた老人のことである。

「誰かなあ。独りで来る人なの」

「そうだったと思う。とにかく近所の人だと思うよ」

そういわれたって、なみ江には見当がつかない。

それらしい年輩の客は沢山いる。

竹内も、それは承知である。

「サラリーマンじゃないな。店屋の親爺（おやじ）でもないし、とにかく商売がわからない」

「大野さんじゃないの」

と、カウンターの端の方で、誰かがいった。

「あの人は、不動産屋だろう。あの人はわかるんだ。そういう顔をしてる」

「私、わかんなかったのは、鶴ちゃん」

「ああ、鶴田さんは、大学の先生だろ」

「私、貸ヴィデオ屋かと思っちゃった。そっくりの人がいるのよ」

「鶴田さんは、アメリカ文学かなんかだろう。本も出しているらしいよ」

「ほんとに、この頃は、見た目じゃわかんないわね。戸村さんだって、ビルのオーナーなんて、誰も思やしないし」

「おいおい」

と、隅の方から頓狂な声が上った。

「ちゃんと聞えてるんだぞ。いい加減にしてくれ」

「あら、ごめんなさい」

なみ江は首をすくめた。

「戸村さんみたいに、押し出しのいい人とは違うんだよ。その人はもっとずっと小柄でさ、細身でさ」

竹内がいうと、戸村がまた隅から合の手を入れた。

「すみません、どうせ私ゃ太身で」

「静かにしてらっしゃいよ。こっちは、今いそがしいんだから……」

「へいへい、でも、その、竹内さんの話さ、あの人じゃないかね」

「だれ、誰よ」

「音さんじゃねえか」

竹内は、膝を打った。

「そうだ。戸村さん、正解。たしか音さんって聞いたことがあった」

「そうなの、へーえ」

なみ江は、意外そうな声を出した。

「そうとは気がつかなかった。音さんなら、二三日前にも来たわよ」

「へえ」

「あの人は、不定期便でね。来ないとなると、ひと月ふた月、まるで顔を出さないし、そうかと思うと、毎晩来たり」

「おだやかそうな人だよね。腰が低くて……」

竹内がいうと、誰かが聞いた。

「なにしてる人なの。あの人は」

「さあ、そういえば、聞いたことがないわ」

なみ江にしては珍しいことだった。商売柄、客の職業から前歴、家族のことから、なにからなにまで詳しい。客の方から話したがるという面もあるのかもしれない。

だから、客の誰それの近況を知りたかったら、なみ江に聞けば、用が足りた。

その彼女が知らないというのだから、音さんというその老人は、あまり自分について喋ることを好まない人間のようである。

「なにをしている人なのかね」

「さあ……。気楽にしてますよって、いってたのを覚えてるけど……。サラリーマンだったら、とっくに定年を過ぎてる筈だし」

「悠々自適かね」

「さあねえ」

「小金を持ってるとか、マンションを二つ三つ持ってるとか」

「とても、とても」

なみ江は手を振った。

「……もっと、ずうっと地味な感じよ」

「じゃ、年金暮らしかな」

「そんなとこかもしれないわ」

なみ江は、素麺を盆にのせて、カウンターを出た。

「うまそうだな」

「おいしいわよ」

「俺もひとつ貰おうかな」

「あがる?」

「うん。見てたら食いたくなった」

お盆は、戸村たちのいるテーブルへ運ばれて行った。

なみ江は戻って来て、竹内の分の素麺を作り始めた。

生姜《しょうが》をおろす手を、ちょっと停めて、ふっといった。

「そういえば、奥さんみたいな人がいるの」

「音さんかい」

「ええ」

「みたいなって、なんだい」

「要するに、若い女よ。見りゃわかるじゃない。年も違うし、奥さんじゃないわね、あれは……」

「ふうん、一緒に住んでるの」

「ときどき見かけるわ。一緒のとこ」

「……なあんだ。よく知ってるんじゃないか」

竹内が笑うと、なみ江は首を振った。

「それしきゃ知らないのよ。私も、あんまり詮索《せんさく》好きな方じゃないから」

「ほう」

「いやあね。……でも、その女の人を働かせてるみたいよ」

「水商売か」

「そうよ。あれは」

「ふうん。それで、自分は悠々自適か」

「そうらしいわ」

竹内は、内心、少々妬《ねた》ましいような気がした。

彼は、根っからの実直な勤め人である。長年勤めて、今は、いくらかの余裕を色々の面で味わってはいるが、半面では、苦い思いもある。定年で一息つくというわけにも行かず、まだまだ新しい職場で働き続けなければならない。何十年か働いて、そのあげくがこの程度だと思うと、馬鹿々々しくもある。

「もう、働くのはいいよ」

そう言い放って、なにもかも投げ出してしまったら、どんなにかせいせいするだろうと思う。といっても、根が臆病な彼には、もちろんそんな芸当は出来はしない。

誰にも聞えないように、内心で呟くのが関の山である。

うぬ惚れも、かなり持ち合せてはいるが、竹内は、ときどき、自分の持って生れた性質を、淋しく、また悲しく感じる。

自分自身に業を煮やすというのは、苦しいことだとも思う。


その音さんの正体は、意外なところから割れた。

竹内が、大学の頃の友人を連れて、（波）に寄った晩に、音さんも、飲みに来ていた。

音さんの飲み方は、悠々としている。独りで楽しむのが好きらしい。口が重いというほどでもないが、あまり口数も多くない。

竹内たちは、先に（波）を出たが、しばらく歩いたところで、連れの男がいった。

「おい、今の店にいた爺さんな……」

竹内は、とまどったが、どうやら音さんのことをいっているのらしいと気がついた。

「ああ、あの人か、なんだい」

「あれは、音平じゃないか」

竹内は、ますます面喰《めんくら》った。

「なんだ。お前、知ってるのか」

すると、友人は、たしかにあれは、天下の音平に違いない、と、断言した。

その男は、証券会社に勤めているのだが、ずっと昔、たまたま、兜町《かぶとちよう》の近くの喫茶店で、先輩から教えられたのだそうだ。

「おい、あれが、天下の音平といわれた男だぞ……」

先輩は、畏敬《いけい》の念をこめて、彼に教えた。

天下の音平というのは、かつて、天下の糸平と呼ばれて、大いに鳴らした相場師になぞらえた名前らしい。

音平の名前は、彼もよく耳にしていた。

ひと昔前に、今も話に残るほどの花々しい相場を張って、大きな浮沈をくり返した末に、ある日忽然と姿を消した大物の相場師だそうである。

彼は、喫茶店の、向うのテーブルで、いかにも株屋の古手らしい連中と話し合っている小柄な男を眺めて、あれが噂の音平かと思った。

「そりゃ、一時は大した羽振りだったそうだ。御殿のような家を構えて、何人も女を囲って、湯水のように金をばら撒《ま》いて、したい放題をやったらしい。葭町《よしちよう》あたりじゃたいへんなお旦《だん》だったそうだ」

へえ、と、竹内は感心した。今の音さんからは、想像もつかないような話である。

「それがどうして、姿を消しちゃったんだ」

「なんだか、刺されたかどうかして、すんでのところで命をなくすとこだったらしい。やり過ぎたのかもしれない。とにかく、昔のことだから、よくは知らない。……しかし、あの音平に、こんなところで会うとはなあ」

「人違いじゃないのかい」

「いや間違いない。絶対にあの男だよ」

竹内は何度も頷いた。

「そうかあ。音さんって呼ばれてるから、俺は仇名《あだな》か何かかと思ってたよ。口数がすくないんで、音無しの音さんじゃないかって……」

その友人を駅まで送って、ぶらぶらと家の方に帰りながら、竹内は、今、耳にしたことから、いろいろと想像をめぐらせた。

あの老人が、音平という鳴らした相場師であるならば、得意も失意も、およそこの世の天国も地獄も見、体験して来たのだろうと思う。

命を落しかけるところまで行ったあげくに、現在の暮らしに落ちついたとすれば、悠々自適などというどころではない。

これも、ひとつの、のっぴきならない人生だといってよさそうである。

竹内は、暗い路を歩きながら、苦笑した。

（難しいな……）

まったく難しい。考えれば考えるほど、生きるのが難しいことに思える。

（まったく意地悪く出来てらあ……）

若い頃は、なんでもなかった。年を取ってそろそろ残りがすくなくなり、気力も失せて来る頃に難しさがわかるようになっているなんて、人生というものは意地悪く出来ている。

（考えまいとしたって、考えないわけにはいかないし……）

彼はもう一度苦笑した。

日曜日。

竹内は、銭湯へ行こうと思い立った。

明るい午后の銭湯が好きである。

湯道具を持って、銭湯のそばまで来ると、先を行く二人に気がついた。

音さんと、四十がらみの女である。

女の方は、歩きかたや、身振りから推しても、水商売の女のようだった。なにか、楽しげにひとりで喋っている。音さんは、おっとりと頷くだけだ。

竹内は、適当な間をおいて、彼等のあとから、銭湯の暖簾《のれん》をくぐった。

あまり顔を合せたくなかった。なにを話したらいいのか、なんとなく億劫だったからである。

脱衣場の板の間で、竹内は、シャツを脱ぎながら、大きな鏡に映った向うの隅の音さんを眺めていた。

音さんは、周囲にはまったく無関心のようだった。

ゆっくりと裸になると、手拭いと石鹼《せっけん》箱をつかんで、洗い場へ入って行く。前をかくしたりもしない。

その時、ちらりと、音さんの裸身の、脇腹のところに、古そうな傷あとが見えた。白っぽい瘢痕《はんこん》が、蚯蚓《みみず》がのたくるようについている。竹内は、はっとしたけれども、音さんは、そんなものがあるのをすっかり忘れている様子だった。

竹内が入って行くと、音さんは、向うの湯ぶねに首までつかって、目を閉じていた。

一度は、飛将軍《ひしょうぐん》と呼ばれ、天下の音平と呼ばれた相場師の顔を感じさせるものは、どこにもない。

そこにあるのは、平和な、すこし草臥《くたび》れた平凡な老人の顔であった。

音さんの今の暮らし振りを聞いて、

「俺も、あんな暮らしがしてみたい」

と、なみ江にいったことで、竹内は少々気が咎《とが》めるところがある。

あんな暮らし、というのは、どんな暮らしなのか。竹内にも、実はよくわからない。

〔1987（昭和62）年「オール讀物」8月号 初出〕

# 夕立ち雲

森島の七回忌は、なにしろ暑かった。

法事が営まれたのは、麻布の小さな寺である。

町なかにしては、樹に囲まれて、今どき珍しいような、しっとりした佇まいである。

「ほとんど、昔のままですわ」

それが住職の自慢らしかった。森島と、小学校が一緒だそうだ。

「そのかわり、暑いのと寒いのが欠点で」

開け放った本堂の板の間に坐っていても、通って来る風がない。

読経の声に耳を傾けながら、原は、何度となくハンカチで顔の汗を拭った。

原は、汗っかきである。

拭っても拭っても、じわじわと汗が湧いて来る。

いつもは、替えのハンカチを持っているのだが、その日は入れ忘れたようだ。

ポケットを探っていると、隣に坐っていたいとこの麗子が、顔を寄せて、

「なによ」

と、聞いた。

「……ハンカチの替えをね。どうも忘れたらしい」

探っていると、上衣の横のポケットのなかの封筒が、手に触った。

なかみは、小型の古い写真である。

その何日か前に、偶然開いたアルバムに、その写真が貼ってあった。随分昔のもので、もう色が変りかかっている。それには、子供の頃の森島や、原たちが、並んで写っている。誰が、いつ写してくれたのか、原には、覚えがない。

彼は、アルバムから、その小さな写真を慎重に剝《は》がして、持って来た。あとで、みんなに披露するつもりである。

「……お手洗はどこかしらん」

麗子が小さな声で聞いた。

「一度、外へ出るんじゃなかったかな」

「そうお……」

麗子は坐り直して、いった。

「……それにしても、暑いわねえ。冷房ぐらい入れればいいのに……」

「風流は、辛いもんだよ」

原はにやにやしながらいった。

「大丈夫かい。おしっこは」

「いやあね」

麗子は、原を睨《にら》んだ。

それでも、目立たないように、そっと坐を外して、上手に出て行った。

麗子も、そろそろ五十に手が届こうという年輩だが、まだ、なかなかの美人である。子供の頃から遊んだいとこだから遠慮がいらない。その麗子も、片山という医者に嫁いだのだが、今は未亡人になっている。

その日の法事は、ごく内輪の顔ぶれだが、殆どは女だった。男は、原と、森島の弟と、ほかに二人ぐらいしかいない。

「なんだ、未亡人ばっかりか」

顔を合せた早々、原はそういって、女たちの顰蹙《ひんしゅく》を買った。

「未亡人ばっかりで悪かったわね」

いとこの一人の光子は、口をとがらしていった。

「悪かないさ。でも、結局女の方が長もちするのかなあ。ねえ、叔母さん」

原の叔母にあたる玉江が、笑っていった。

「まあ仕方がないさ。みんなひよわな男だったから」

原は苦笑した。玉江は八十を過ぎているが、達者もいいところで、その前の年には、アメリカ出張中の孫を訪問したりしている。彼女は四十代で夫をなくしたのだから、未亡人生活もすでに四十年になる。

「みんな、結婚なんかしなけりゃ、もっと長生き出来たのかも知れないな」

原はうっかりそんな軽口を叩いて、後から誰かにいやという程尻を叩かれた。

法事が終ったあと、一同は会食をすることになっていた。

先に帰る連中もいたので、結局三台の車に分乗して、赤坂まで行くことになった。

森島の未亡人の綾子が自分の車で先発し、原は目的の店のありかを知っているので、二台めの車に乗ることになった。

運転するのは、麗子の息子の啓である。

炎天に駐車してあった車だから、さぞ灼けて熱くなっているだろうと思うと、原はうんざりした。

啓が車を廻して来ると、玉江はさっさと乗り込んで、前のシートを占領してしまった。

原が最後に乗り込もうと思っていると、麗子に尻を突っつかれた。

「駄目よ、あなたはまんなか」

「だって、窮屈だもの」

原は駄々をこねたけれど、結局、緑と麗子の二人のいとこに挟まれて、まんなかに坐らせられる羽目になった。

「やれやれ、こりゃ辛いな」

「贅沢いわない。啓……」

「はい」

「もうすこしクーラー効かして」

「はい」

啓は気をきかせて、車を日蔭にとめて置いたらしい。それに、すこし前に本堂を出て、クーラーをかけていたのだそうである。だから、車のなかは快適だった。

「ああ、生き返ったみたい」

女たちは、口々にそういい合った。

原も同感だったが、二人の女に左右からぎゅっと挟みつけられているのは、少々閉口であった。動くすきまもなく密着しているので、両方から体温が伝わってくるし、二種類の香水の匂いが、まじって、鼻をくすぐる。

「なにをもぞもぞしてるのよ」

と、麗子がいう。

「うん、どうも居心地が悪い」

「どうして」

「大きなお尻で、両方から押されるもんだから、くたびれる」

麗子がふふっと笑った。

「いやなの？」

「そうでもない」

「じゃ、じっとしてらっしゃい」

緑がくすくすと笑った。

「そんなに窮屈?」

と、前のシートから、啓が聞いた。

「いいから、ちゃんと前見て、運転して頂戴」

と、麗子がいった。

「……結構楽しいんだから」

原も、緑も、にやりとした。同感だった。

「いやらしいねえ、中年は……」

玉江は後も振り返らずにいった。

三台の車は、結局離れればなれになってしまって、原たちの車が赤坂の天ぷら屋に着いたときには、ほかの二台は影もかたちもなかった。

「やっぱり来てないや。どうも危ないと思ったんだ」

と、啓がぼやいた。

「綾子伯母さんは、完全な方向音痴だからね。自分の家に帰りつくのが不思議なくらいなんだから……」

一ツ木から福吉町へ抜ける裏通りのあたりで、一軒の店を探すのには、たいへんな嗅覚が必要だ。同じような、なんの店ともわからない店が、何百軒とひしめき合っていて、目印をひとつ見過してしまったら、万事休す。振り出しに戻るという面倒なことになる。

「すこし待ってみますか」

と、啓がいう。

「そうするか」

「いいじゃないの。先に入ってれば。そのうちに来るわよ」

玉江は平然としている。

「麦酒が頂きたいわ。よく冷えたのが」

「あら、お酒よろしいんですか」

と、緑が聞いた。

玉江は、禁酒を命じられていた筈である。

「……お医者さまに叱られますよ」

「いいのよ。沖田さんは死んじゃったから」

「あら、沖田先生、亡くなったんですか」

「医者の不養生よ。さんざ人をおどかしといて、その祟りね。……待っててもしょうがないわよ。さあ、行きましょう」

玉江にせき立てられて、一同はぞろぞろと車を下りた。

原たちが座敷に落ちついて、五分もすると、二台めの車の連中が到着した。

「わかり難いとこだね。あれ、嫂《ねえ》さんは」

森島の弟は、けげんな顔をした。

「まだ来ない。一台遭難したらしい」

「しょうがねえなあ。肝腎な施主が来ねえんじゃ……」

「まあいいじゃないか。適当にやってようよ。坐んなよ。さあ、麦酒、麦酒」

みんな、よほど喉が乾いていたようで、麦酒が注がれると、目が輝いた。

「じゃあ、三ちゃん、名代でひとこと」

「すみませんねえ。……皆さま、本日は、お暑いところを有難うございました。お蔭さまで、森島二郎の七回忌の法要をつつがなく終えることが出来ました。施主の森島綾子に代って厚く御礼申し上げます……」

三郎は、神妙に挨拶して、にやりとした。

「……というところでどうかね」

「結構でした。ご苦労さまでした」

「では、とりあえず、乾杯」

一同が、グラスを上げかけたところへ、仲居が顔を出した。

「……あの、森島さまに、お電話です。お姉さまから……」

「ほら来た」

三郎は、勢いよく麦酒を飲み干して立ち上った。

「どこにいるのか楽しみだぞ」


「あら、こんな写真があったの」

原が、持って来た古い写真を披露すると、綾子が頓狂な声を上げた。

「うん、古いアルバムのなかから、偶然見つけてね」

「まあ、いくつぐらいかしら」

「二郎も俺も、まだ小学生だな。可愛いだろう」

小さな写真である。茶色に変色しかかった写真のなかで、二人の男の子が笑っている。

「こっちが二郎さんかしら」

「こっちは俺だよ。二郎はこっち」

「あ、そうか。そうよ、面影があるわ。これ、どこなの」

「さあ、どこかな。誰が撮ったのかもよくわからない」

「二人とも、いい子供ね。とても楽しそう」

「楽しかったよ」

原と二郎も、いとこ同士である。

同年の生れだから、よく一緒に遊んだ覚えがある。

空襲で家を焼かれて、二郎の一家がしばらく原の家に身を寄せていた時代もあった。

大学を出てから、原も二郎も、堅い勤め人の道を選んだ。

二人とも、勤め先が丸の内界隈だったので、誘い合せては、よく飲んだ。初めて綾子を紹介されたのも、その頃のことであった。

その後も、つかず離れずで、何年か顔を合せないでいても、会えば遠慮ぬきのつき合いが出来た。それがいとこ同士の気楽なところであった。

二郎の死は、あっけなかった。

心臓だったけれど、原には、このいとこの死の原因は、やっぱり働き過ぎのように思えた。いくら自重していても、勤め人は、自分だけのペースで動く自由はない。まして仕事に勢いがついているときには、自分の身体でも意のままには出来なくなってしまう。

原には、そのへんが痛いほどわかる。

それがサラリーマンの宿命だと思う。

二郎は運が悪かったと思う。能力があって期待されたばかりに、命を縮めたような気がしてならない。

彼の葬儀のとき、原は祭壇の二郎の写真に向って、

(なんだ。仲よく定年になったら、一緒にゆっくりゴルフでもしようと思ってたのに……)

と呟いた。
子供の頃のように、また一緒に遊ぶつもりだったのである。
「この写真、取ってお置きよ」
「ええ、頂いとくわ。有難う」
綾子は、もう一度、写真を眺め直すと、ハンドバッグを引き寄せて、だいじになかへ納めた。
丁度そこへさっきの仲居が、顔を出して、カウンターがあいたことを告げた。
天ぷらを食べるんだったら、やっぱり鍋前でなくちゃ、と、綾子が頑張ったのである。
サイマキ
きす
穴子
めごち
いか
野菜でいえば、なす、かぼちゃ、ししとう、大葉、穂紫蘇、などなど。
みんな、よく食べた。
「真夏の天ぷらは暑っ苦しくてどうかと思ったけれど、よかったわ」
緑がそういった。彼女は、綾子に、フランス料理がいいわ、と、最後までねばったのだそうだ。
玉江は、蝦《えび》に目が無いらしかった。

天ぷら箸を構えた主人が目を丸くするほどの健啖《けんたん》ぶりであった。

「お好きなんですねえ」

といわれて、玉江は、せせら笑った。

「こってりしたものが好きじゃなかったら、長生きなんか出来ないわよ」

「そうですか」

「あなたも、天ぷらをせっせと食べなくちゃ」

玉江にからかわれて、主人は苦笑した。

「これは内緒なんだけど……」

主人はしょげたような表情で、

「私は、油っこいものが苦手でねえ」

と白状した。これが一座の笑いを買った。

「かきあげを小ぶりにして、御飯をすくなくして、小丼を」

原がそんな注文をすると、女たちは、一せいに、わあ、と声を上げた。

「そんな我がままが出来るの」

と、麗子が目を丸くした。

「ずるいわねえ、そんないいことを、いつもしてるの」

と、綾子が口をとがらせた。

「これは、俺だけ」

「私も食べたいわ」

「駄目、いつもお金をつかってる人だけさ」

「意地わる。根性まがり」

「参ったな。しょうがねえ、みんなにも作ってやってよ」

「へいへい」

仕上げに、みんな一つずつ、小さな天丼を作って貰って、女たちは御機嫌であった。

「もう動けないわ、私……」

そんな声も出る始末だった。

そして、森島二郎の七回忌の法事は、とどこおりなくお開きになった。


「今日は、楽しかったな」

と、啓が、車を運転しながら、不意にいった。

玉江や緑を送り届けての帰りである。麗子は、綾子の家に寄って行くといって、車を乗り換えた。

「いとこ同士なんて、いいもんですね」

「そうかな」

「緑叔母さんも楽しそうだったし、ママもそうだった」

「俺たちの頃は、どの家にも、子供がうじゃうじゃ居たからな。親戚が集まると大騒ぎだったよ」

「今は、子供の方がすくないです。叔父さん叔母さんの方が数が多い」

「変ったな」

「そうなんですね」

「たいへんだよ。それが今、いっせいに老人になりかかってるんだから……。ママは、このところどうだ。淋しくないのかな」

「さあ、どうだろう。わからないな」

「再婚したいような気配はないのかね」

「うーん、どうかなあ。我がままになっちゃってるから、勤まらないんじゃないかな」

「そうか。勤まらないか」

原は笑った。啓の言葉が可笑しかった。

「本当は、再婚してくれたらいいんだけど」

と、啓はいった。

「……そうすれば、僕が結婚しても、嫁さんが助かる」

「考えたな」

「今、母ひとり子ひとりじゃ、厭がって、お嫁の来手がないでしょう」

「うむ」

「すすめて下さると有難いんだがなあ、叔父さんから……」

「そうだな」

「ママは、叔父さんのすすめなら聞くんでしょう」

「そりゃまあ、な」

「お願いします」

「こう周囲が未亡人だらけじゃ、淋しくていけない。ようし、昔、お医者さんごっこをした仲なんだから、この際、一ト肌ぬぐか」

啓は困ったような顔をして、

「中年の話は、露骨だなあ」

と歎いた。

家の前で、車を下りたときに、遠くの空で稲妻が走り、ごろごろと、鈍い音が伝わって来た。暑かった日を締めくくる雨になるらしかった。


〔1987（昭和62）年「オール讀物」9月号 初出〕

# 狼男

ほそい目である。

ほそいけれど、よく光る目だ。

まともに見つめられると、誰でも居心地が悪くなるような、そんな目つきをしている。

どこかの新聞の、経済記者が、石山のことを評して、(財界の狼)といったのは、石山の貪欲な商法を当てこすったついでに、彼の目つきのことも含めたのである。

商売敵ばかりではなく、味方の社員たちも恐れさせる目であった。

「社長に睨みつけられると、本当に辟易《へきえき》するよ」

部下たちは、蔭で、そうこぼした。

石山は、商売の為なら、なんでも利用する男である。

部下が辟易するのを、自分のつけめにしている。

経営は、威あるのみ、と考えているようにも思える。

アメリカの支店駐在が長かったから、その間に知った向うの経営者たちの振舞いかたが身についたともいえる。

とにかく、石山の名には、こわもてという言葉がついて廻っている。石山自身にも、それをよしとしているところが見えた。

その朝は、いつも通り五時半に起きた。

洗面と着換えをすませて、食堂に下りる。

妻も、子供たちも、お手伝いも、誰もまだ起きていない。

石山は、自分で湯を沸かし、珈琲を入れる。

長年の日課だった。

妻は、低血圧で、朝が遅い。

石山は、癇性《かんしょう》で、身の廻りのことは、自分ですませる。他人まかせにしない。

それをいいことに、妻は、子育ての頃から、夫の身の廻りの面倒を見るのを拋棄《ほうき》した。

ゆっくりと、一杯の珈琲を飲み終る頃に、おもてで、車の気配がした。

運転手の沢本が、迎えに来たのである。

やがて、コツコツと玄関のドアを叩く音がした。

朝は、ブザーを鳴らさないきまりである。

石山は、もう一度、玄関の鏡で、自分を眺める。

身だしなみのいい、初老の男が、鋭い目つきで、こっちを眺め返している。

それを睨み返すと、鏡が微塵《みじん》になって砕け散るような感触があった。

石山は、満足して、ドアを出、おもての車に向った。

「お早うございます」

沢本が、車のドアをあけながら、挨拶した。

沢本のぴったりと撫でつけた髪から、安い香料の匂いがした。どこか懐かしい匂いである。

いつもならば、ボディ・ガードの島崎が同乗することになっている。

最近はどの会社でも、トップの保安対策に神経質である。

この日は、口実を設けて、ガードは外すように言ってある。

石山は、シートに身を沈めると、沢本に、行く先を告げた。

会社とは違う方向である。

沢本は、それに答えて、車を出したが、黙っていても、好奇心をそそられている様子が感じられる。

石山は、そんなことは気にしていない。

降りてから、今度はタクシーを拾うつもりだった。

西日が、ほとんど横から当っていて、暑かった。

防波堤には、何人か、釣人がいた。

どうせ、そんな時間の釣りだから、だれていた。夕まずめを待つか、潮が動き出すのを待つかしなければ、釣りにはならない。

ちゃんと釣り支度をしている連中は、それまでの退屈しのぎに、足場のいい防波堤で時間をつぶしているのだった。

そのなかにまじって、ランニングシャツに、くたくたの半ズボン、ちびたゴム草履に、麦藁《むぎわら》帽という姿の男と、小学生らしい男の子がいた。

「小父さんは、セールスマン？」

と、その男の子は、麦藁帽の男に聞いた。

「……ああ、そうだ。セールスマンだよ」

と、男は答えた。濃い色のサングラスを掛けているので、表情はよくわからない。

「……誰が、そういったんだ？」

「うちの母ちゃんと、小母さんが話してたんだ。小母さんがそう言ってた」

「そうか」

「セールスマンって、なに売ってるの？」

「いろいろなもんさ」

「いろいろって、どんなもん？」

男は、ちょっと考えて、答えた。

「こないだまでは、ブラシを売ってた。……なんでも吸いとっちまう電気のブラシさ」

「ふうん……」

「ずっと前は、会社に勤めてたこともある」

「そう」

「家庭用の、浄水器を売ってたこともあったな。ほら、水道の蛇口に取り付けて、水をきれいにするやつさ」

「うん、知ってる」

「あれは、よく売れたな。ああいうのを持って、日本中を廻るんだ」

「ふうん。……やっぱ、ヤクザじゃないんだ」

「ヤクザじゃないさ。母ちゃんがそういったのか?」

「そうじゃないけどさ。あ、来た」

少年が素早く竿《さお》を合せると、小魚が上って来た。ぷるぷると雫《しずく》を飛ばし、足もとのコンクリートの上で、五六度、勢いよくはね上った。

「また鯖《さば》っ子だあ」

少年は、馬鹿にしたように、馴れた手つきで鉤《かぎ》を外すと、銀色の鯖の子供を、ポリバケツの水に放り込んだ。

結局、そんな時間に、防波堤の周囲にいるのは、鯖の子だけのようだった。群を作ってぐるぐる廻っていたと思うと、すっと、また姿を消してしまう。それよりも、もっと形の小さな魚の群は、多分、生れてまだ日も浅い海タナゴだろう。

「どうだ、身エサに代えてみるか」

「さあ、多分同じだよ。やっぱ、鯖っ子しか来ないよ」

「そうかな」

男は、バケツの水に浮いているのを一匹つかみ出して、ナイフでそれをおろし始めた。小さいナイフで、しかも錆《さ》びかかったのだから、仕事ははかどらない。

「えい、畜生……」

男は、舌打ちをした。

ナイフの刃先が、勢いあまって、指を傷つけたのである。

小さな傷だが、人差し指の先に、ぽっちりと血の色が見え、露の玉のように盛り上った。

「やっちまった」

「大丈夫?」

「大丈夫だ。かすり傷さ」

男は、傷ついた指を口に含んだ。指を吸うと血の味がした。おそらく、何十年も忘れていた味である。

「錆は恐えからな」

男は、そう呟きながら、丹念に指を吸った。

日の落ちる前に、男は少年と連れ立って、海沿いの道を、帰って行った。

夏だというのに、東京近郊のこの海岸の町はさびれている。ぐったりと疲れたような家並の間の細い露地を入ると、少年の家があり、母親が、傾いた竿から干しものを取り込んでいた。

「只今」

少年が声を掛けると、母親は、振り向いて二人を見、男を、好奇心にあふれた目で眺めた。思わずたじろぐような、遠慮のない眺めようだった。

「只今」

男が会釈すると、少年の母親は、

「はいはい、どうも」

と、取って付けたような愛想笑いを見せて、洗濯ものの山を抱えたまま、男の為に、道を開けた。

狭い庭の続きに、がたぴしした二間の小屋があった。

男は、釣竿を、横手の壁に立て掛けると、そこをのぞいた。

けばけばしい部屋着の女が、鏡に向って、せっせと化粧をしていた。

「只今」

「……ああ」

女は鏡と睨めっこをしたまま、男にいった。

「お湯に行ってらっしゃいよ。さっぱりするから……」

「そうするか……」

男が立ったまま、じろじろ見ていると、女は、慎重にマスカラを睫毛《まつげ》に刷きながら、

「やだよう」

といった。

「……ダメ、ダメ、化けてる途中なんだから……」

「いいじゃねえか、どうせ正体は見てるんだから。いいからお湯に行ってきて。ほら」

「途中ってのは、まずいんだよ。いいからお湯に行ってきて……」

湯道具一式が、縁端に置いてあって、湯銭もきっちり添えてあった。

男が銭湯から帰って来たときには、女はもう出掛けていた。

電車にひと駅乗って、隣の町の酒場へ勤めているのだという。

部屋には、明るく灯《とも》が点っていて、デコラの卓の上に、食事の用意が出来ていた。

今どき珍しい水色の蠅帳《はいちょう》を取ると、大きなイサキの塩焼と、焼茄子《やきなす》の鉢と、冷奴があった。

味噌汁の実は、笠子だった。麦酒は冷蔵庫のなかで冷え頃になっていたし、焼酎の壜《びん》も見つかった。

男は、パンツ一枚になって、どかりと卓の前に坐り込むと、麦酒の栓を抜きにかかった。

そして、コップのなかで、威勢よく麦酒の泡が盛り上るのにあわてて口を持って行き、ごくごくと飲み干してから、うぇーっと、臆面もなく大きな溜息をついた。

「……ああ、極楽、極楽……」

麦酒を注ぎ直して、外に目をやると、高いところの雲に、わずかに残照の褪《あ》せた紅があった。

——夜中ちかく、かちりと錠の鳴る音がして、女が帰って来た気配がした。

耳を澄まして聞くと、ふうふうと息をはずませている。酔っているらしかった。

そのまま足音を忍ばせて、台所へ行く。蛇口をひねる音がして、水を飲んでいる。長い溜息が聞えた。

そばへ来るな、と思ったら、ハンドバッグを放り出す音がして、ごろりと横になった。香水と酒と、それから汗の匂いがする。

黙って手を伸ばすと、乳房に触れた。

「あら、起きてたの」と、間延びのした口調でいう。

腰に手を廻すと、かすかに鼻を鳴らして、寄り添って来た。

「酔ったか……」

「うん……」

女は荒い息をしている。

「……あんまり飲めないのよね。……だから、ちょっと苦しい」

「じっと寝ているさ、朝までぐっすり寝りゃいい」

「うん、でも、あんまりじだらくみたいだから……」

「気にすることなんかない」

「じだらくって、こういうのをいうんでしょう。母がよくいってた」

「そうかい」

「そんなじだらくなことをしちゃいけないって……。あたし、いつもそれが気になって……」

「自堕落もいいもんだよ。ときどき、そう思うことがある」

「そうかしら。あたし、それが気になって、いつもびくびくしてたわ」

それっきり、しばらく静かになった。

眠ってしまったのかと思っていると、

「母はね……」

といった。

「本当は、自殺したの」

「ふうん……」

「薬を飲んだの。両足をきちんと紐で縛って……、母らしい立派な最期だったって、みんないってたわ」

「そんなことがあったのか」

「きちんとするのが好きな人だったのよ。……でも、死ななくたって……」

ふっと語尾が湿って、聞き取れなくなった。

翌朝、男が目覚めたときには、もう、女は、横にいなかった。裏の方で、洗濯機の廻る音と、唄う声が聞えた。

男は、横になったまま、しばらくそれを聞いていた。そして、女と初めて知り合ったのはいつだったかなと考えていた。

男は、はっきりと覚えていないが、知り合ったのは晩《おそ》い電車のなかで、彼はしたたかに酔っていたらしい。

朝、目覚めたときに、男は、しまったと後悔のほぞを嚙んだ。なぜこんなところに迷い込んだのかと、思い出そうとしたが、頭痛と嘔気《はきけ》で、それどころではなかった。考えられるのは、仕事で行った京都の帰りに、新幹線をどこかで降りたらしいということである。それから先は、どこをどう廻り歩いたのか、記憶がなかった。とにかく、目覚めたときには、この海岸の小さな町の、女の部屋にいたのだった。

しかし、その見知らぬ女と話しているうちに、男は、自分の思い過しに気がついた。

女は、たまたま私鉄の終電車のなかで知り合った行き場のない酔っ払いを、連れて来ただけで、それ以上に、他意があったわけではないらしい。妙な縁で知り合った酔っ払い同士、行きずりの男と女、という以外のなにものでもないといった様子であった。

男は、それで気が楽になった。楽になると同時に、さばさばした女の気性が、好もしく見えて来た。

女は三十をすこし過ぎたくらいで、化粧を落すと、健康そうな張り切った肌をしている。住んでいる二間続きの部屋はいかにも見すぼらしいが、きちんと整頓されていて、水商売の女にありがちな投げやりな空気は、あまり感じられない。男は、てきぱきと家事を片付けて行く女の姿を目で追いながら、いつになく、気持が和《なご》んでいるのを不思議に思った。それを口に出して言いたかったけれど、用心ぶかく思い止まった。

男は、その日以後、何度か、この女の部屋を訪ねて、泊った。

女には、他に男はいないようだった。

男は、彼女の、煩わしくないところが気に入っていた。

飛びついて歓迎してくれるわけではないが、彼を迎えるときには、やはり、どこかいそいそとした様子がほの見えて、それが嬉しかった。帰る時にも、取り立てて別れを惜しむということもないし、彼が一方的に出向いて来ることにも不服を並べたりはしない。

「あんたは不満じゃないのかね」

と、彼が恐るおそる尋ねると、

「どうして?」

と、女は、意外なことを聞かれるものだ、という顔をした。


暑い日が続いていた。

赤坂のそのホテルの宴会場は、パーティーの客でごった返していた。

政党の実力者が主催なので、各界の、いろいろな顔ぶれが詰めかけている。

石山も、その政治家の後援者の一人に名を連ねていた。

酒のグラスを片手に、次々と現われる顔見知りと挨拶を交す。

「おう、よく灼けてるな。ゴルフの腕は上ったかい」

などと声を掛けて来る知合いもいる。

「石山さん、ちょっと……」

と、耳寄りな情報を、さりげなく耳打ちして行く代議士もいる。おもて立って外で会えばなにかよそから勘ぐられそうな相手でも、かえってパーティーの客同士なら目立たずに済むということもある。

「どうなさったの。この頃、とんと御無沙汰じゃありませんか」

そんな声も聞える。

振り向くと、同業の会社の社長が、料亭のおかみにつかまっている。

向うから、大学時代に同級だった男が来た。

今では大手の銀行の副頭取に納まっている。

「よう、どうだい」

と、にこにこしている。

「四苦八苦さ」

「その方がいいや。張りがあって」

「馬鹿をいえ。沢山だ」

そこへ、和服の女の子が近付いて来て、

「お酒、お持ち致しましょうか」

と、首を傾げた。

空のグラスを渡すときに、人差し指の先が、当って、ぴりっと疼いた。ナイフで傷つけたあとである。

石山は、ちらっと海岸の町の女を思い浮べた。ほんの一瞬だった。

「財界の狼か……」

副頭取は、ぽつりとそう呟いた。

「……そんなふうに呼ばれてるようだが、お前さん、この頃、すこし目つきが優しくなったんじゃないか？」


〔１９８７（昭和62）年「オール讀物」10月号 初出〕

# 他人の石

守屋が、門の前に立って河野を待っていると、向いの家の主人が、顔を見せた。

朝刊を取りに出て来たらしい。

目礼をして、

「ゴルフですか」

と、聞く。

バッグを立てて、朝っぱらから人待ち顔で突っ立っていれば、一目瞭然である。

守屋は、照れ笑いをして、

「ええ」

と答えた。

「……大分ご上達でしょう」

「いや、さっぱりです」

守屋は、思いついて、聞き返した。

「エビネの方はどうですか」

エビネは、蘭の一種である。彼は園芸が趣味で、守屋も二三度講釈を聞かされたことがある。

「ひと休みですな。今は菊で忙しい」

彼は、そこで口調を変えた。

「先日の、ほら、憶えてますか」

「ああ、単身者マンションの件……」

「あれね。向うはかなり強腰なんです。だから、対策協議会を作って、早急に条件をまとめとかないと……」

「そうですか」

「近々に集会をする必要があると思うんで、その節はよろしく……」

「はい」

守屋は内心やれやれと思った。

お向いさんも、心中は同じらしい。

「どういう世のなかでしょうね。心配ごとが絶えない」

「全くねえ」

二人で浮かない顔をしたところへ、河野の車がやって来た。

「じゃあ、行ってらっしゃい」

お向いさんは、手を挙げて、引っ込んだ。

「待ったか」

と、河野が、窓を開けながらいう。

「いや。……トランク開けてくれ」

「O・K……。……奥さんたちは?」

「まだ寝てる」

守屋は、車の後部のトランクに、ゴルフ・バッグを積み込んだ。

河野は、寝起きらしいむくんだような顔をしている。目蓋が腫れぼったくて、ただでさえ細い目が、皺の一部に見える。

「ちゃんと目は覚めてるんだろうな」

河野は、ふんと鼻で笑った。

「安心しろ。お前さんと心中なんて、やなこった」

河野は、車を出した。

住宅街を抜けて、しばらくはうねうねとした古い道路を進む。

私鉄の踏切りは、遮断機が下りていたが、まだ早い時間なので、車の行列もそれほどではない。

守屋が、横から煙草を手渡してやると、河野は、火をつけて、ゆるゆると煙を吐き出しながら、

「向うで、珈琲を一杯飲む時間があるかなあ……」

と、呟いた。

途中の道は、意外に空《す》いていて、守屋たちは、思ったよりも早く、そのゴルフ・コースに着いた。

バッグをおろし、フロントで記帳をすませ、二人は、二階の食堂へ上って行った。

仲間の竹村と柴田が、もう来ている筈である。

竹村は、此のコースの会員である。

紹介者でもあるし、時間にやかましい男だから、さきに来ているだろうと思ったのに、竹村の姿は、食堂でも見当らなかった。

「ま、いいさ、どうせ覗きに来るだろう」

守屋と河野は、珈琲とトーストを取って、腹ごしらえにかかった。

さすがに、まだ二人とも口が重い。

黙って食べていると、食堂の入口に、竹村の姿が見えた。

手を挙げて合図すると、竹村は入って来て、守屋たちのテーブルに、一緒に坐った。そして、こういった。

「柴田、駄目」

前置きもなしに、そういわれて、守屋と河野は顔を見合せた。

「どうして」

河野は、ちょっと気分をそこねたようだった。

「しょうがないんだよ……」

竹村は、俺のせいじゃないという顔をしていった。

「……昨夜は、七転八倒だったんだってさ」

「どうしたんだ」

守屋と河野は、向き直った。あの頑丈そうな柴田が七転八倒とは、ふつうではない。

竹村は、もう一度、俺のせいじゃないという顔をして、

「石だ」

と、答えた。

「石……、はああ」

「石が動き出したらしい」

竹村は、ちょっと勿体《もったい》ぶった口調でいった。

この男は、いったいに、そういうものの言い方をする。そして、そんな時には、顎の先がすこし上を向く。

守屋は、その顎の先を見ながら、おやおやと思った。結石が痛み出すと、たまらないという話は聞いているが、幸いまだ経験はない。

「石って、どこ」

「腎臓だってさ」

「やれやれ。……で、落ちついたのか」

「落ちついたことは、落ちついたらしい」

「入院したのか」

「うん。だから心配はないけれど、今日は来られない。そういう訳だ」

「やれやれ」

守屋は、ひと息ついた。

「まあよかった。だが、石持ちとは知らなかったな」

守屋も河野も、柴田が石を持っているという話は初耳であった。

「とまあ、そんな状態だ」

「柴田君が来られないとなると、誰か入れなくちゃならんだろ」

河野がいった。

「下で、手配しといた。ここのメンバーがひとり入る。温和《おとな》しい人だ」

竹村は、にやりとした。抜けめなく動くのが好きな男である。

「……そろそろ行こう。スタートの時間だぜ」

竹村を先頭に、食堂を出て行きながら、河野がいった。

「やたらに上手な人じゃないんだろうな。それじゃ向うが気の毒だ」

河野は、一緒に廻る相手に神経質である。

守屋も、竹村もにやにやした。

「大丈夫、あんたが一番勝てるように組んである」

竹村は、河野の思惑なんかお見とおしだという顔でいった。

「いや、そういうつもりはないけれど、妙な相手と廻るのはなあ」

河野は言い訳めいたことを呟いた。

守屋は、可笑しかった。

竹村も、なかなか意地が悪い。

彼等のゴルフは、半分以上、口の勝負である。お互いに悪口を叩き合うのが楽しみというところがある。

始まったな、と、守屋はいつものゴルフの気分になった。


三人とも、すべり出しは上々であった。

打ちおろしのミドル・ホールで、打球はフェアウェイの同じような所へ寄った。

一緒に廻ることになった下山という初老の男は、年のせいもあって、それほどは飛ばない。

その分、年期は入っているらしく、楽に打っている。

そのホールを上ってみると、守屋と河野と下山がボギー、竹村は、ダブル・ボギーというスコアだった。

「まあまあだな」

河野はそう洩らした。

「畜生め、柴田のお蔭で、余分に叩いた」

と、竹村はぼやいた。この男は、出だしに荒れることが多い。柴田のことで気を揉んだわりには、悪くない。

「皆さんよく飛ぶから、ついて行くのが大変です」

と、下山は歎いてみせた。彼のゴルフは、こつこつと刻んで行くタイプらしい。距離では損をする代りに、小技は堂に入っている。いいところへ乗せて、ワン・パットで決めている。

「いや、下山さんは、俺たちとはレベルが違う。段々差がつきそうだ」

竹村が、先を見通したようなことをいった。

「いやいや、そんな。……竹村さんは乗せるのが上手だから」

下山は、よく日に灼けた顔で笑った。

「下山さんは、毎日廻ってるんじゃありませんか」

「ご冗談を」

「だって、一朝一夕の灼け方じゃない」

竹村が水を向けると、下山は頷いた。

「夏うち、ずっと信州の方に蟄居《ちっきょ》していましてね。そのせいです」

「ほう、そりゃ羨ましい」

守屋が口をはさむと、下山は穏やかに笑って、いった。

「おどかされたんですよ。医者から……。保証しないって」

「はあ」

「どこが悪いっていうよりも、全部悪いんですな。つまり、過労です」

「働き過ぎですか」

と、河野が聞いた。

「まあ、そんなとこです。……失礼」

下山は、ティー・アップして、第一打を、フェアウェイの真んなかに飛ばした。

ハーフを上ったところで、昼食をとることになった。

スコアは、下山が二つ三ついいようだった。

守屋たち三人は、激戦である。ただし、ハンディを数えると、全員一線に並んでいる。

「こりゃ面白い。勝負は午后だ」

と、河野は張り切っている。

四人で食事をしていると、話は、自然に柴田のことになった。

「そうだったんですか。そりゃ大変だ」

と、下山はいった。

「あれは辛いそうです。居ても立ってもいられないと言いますね」

下山の友人に、胆石の男がいたそうである。

だましだまし来たのだが、とうとうそれもきかなくなって、最近手術をしたら、ごろごろと
石が出て来た。

「大小取り混ぜて、百七個出たそうですよ」

「へぇえ」

「これだけ出たのも珍しいと、医者にいわれたそうです」

「百七個とはね」

「煩悩の数より一つ足りない。もう一つどこに隠してるんだ、と、みんなから、からかわれましてね」

胆石は、守屋も、なにかで見たことがある。テレビ番組だったか、図鑑か何かだったか覚えがないが、たしか緑がかったような気味の悪い色の石である。腎臓の方の石は知らないが、あんなものが入ってたんじゃ堪らないと、おぞけをふるった記憶があった。

「しかし、この頃じゃ、いろいろと手があるんでしょう」

と、河野が聞いた。

「薬で融かしたり、衝撃波で粉々にしたり」

下山は頷いた。

「手術をしないで済む場合も多いようです。でも、一度治っても、また出来るということがあるらしい。私は医者じゃないから、よくは知らないけれど……」

「体質だとか、食事だとか、いろいろな要素があるんだろうな」

と、河野は、いった。

「……柴田君は、そういう体質なのかな」

「ビタミンCの薬が石を作り易いって話を聞いたことがあったな」

と、竹村がいった。

「あいつ、ビタミン剤の飲み過ぎじゃないのかね」

「……俺も飲んでるぜ。おどかさないでくれ」

河野が、口をとがらせた。

「……本当かい、そりゃ」

「C剤のとり過ぎは、結石のもとになるって噂があるぜ。俺も医者じゃないから、よく解らないけれど……」

「いやな噂だな。そうすると、俺も石持ちかしらん」

「その可能性はある。マッチの頭ぐらいのがもう出来てるかもしれないぞ」

「ふうん」

守屋は、黙って、ポケットから、そのコースのマークの入ったブック・マッチを取り出した。一本をちぎって、河野の目の前へそっと差し出す。

「……これくらいのやつかな」

「よせ、こいつ」

河野は本当に嫌な顔をした。かなり暗示にかかったらしい様子だった。

守屋たち三人は、午后のラウンドで大叩きに叩いた。

昼食のときに飲んだ麦酒のせいもあるらしい。小ジョッキにしておけばよかったのである。

三人は、大叩きの原因を、柴田が来なかったせいにした。

下山は、ひとり、自分のペースを守って、余裕のあるところを見せた。

「つまらねえゴルフだな」

帰りがけに、河野は、下山のゴルフについて、こう蔭口をきいた。口惜しさも手伝っているようだし、彼はだいたい人見知りをするたちであった。


それから三四日して、守屋が行きつけの酒場に寄ると、カウンターの隅に、柴田が坐っていて、

「やあ、先日は……」

と、大声をあげた。

守屋は、あっけに取られた。

「なんだ、お前、入院してたんじゃないのか」

「入院してたよ」

と、柴田はにやにや笑っている。

「こいつ、心配してたんだぞ」

「申し訳ない」

と、柴田は頭をさげた。

「おいママ、こいつに飲ましたりして、いいのか」

「いいのよ」

と、圭子がいった。

「知らないぞ、こいつ、石持ちなんだぞ」

「いいのよ。お祝いなんだから」

守屋が、狐につままれたような顔をしているのを見て、

「出たんだよ」

と、柴田がいった。

「無事に出ました」

「え」

「少々尾籠《びろう》にわたりますが、昨日の朝……」

痛みが治まって、退院してから二日後のこと。小用をしているときに、石が出たのだそうである。

「コチンと音がしましてね。便器へ落ちたんですね」

「へえ」

そんなことがあるとは聞いていたが、体験談は初めてである。

「そうか。それで拾っといたかい」

「そう思ったんだけどね。一瞬ひるんじゃった。そしたら、あっという間に、穴を通って見えなくなっちゃった……」

なにせ心の準備がなかったもんでね、と、柴田は笑った。

「考えても見なかったからねえ……。虚をつかれたかたちでね」

「どれくらいの大きさだったの」

「小さなもんだよ。こんなもんかなあ」

と、柴田は、マッチ棒を手にとった。

「……これよりも、だいぶでかいなあ、薬の粒くらいかなあ」

「錠剤っていったって、いろいろ大きさがあらあ」

「そうだなあ、ま、小豆《あずき》の粒ぐらい」

「へえ、そんなのが出るのか」

「もうちょっと小さいかな」

柴田の話は、もうひとつはっきりしないけれど、守屋は首をすくめた。

「いやだなあ」

「まったくね。あんな石ひとつで、脂汗かいて転げ廻らなきゃならないんだから、人間なんて弱いもんだよ」

「痛かったか」

「痛いのなんの。あれは当人でなくちゃ解らないね」

「桑原々々、他人の石でよかった。俺なんかとても我慢出来そうにない」

「それが、運よく出ちゃえば、何があったかてなもんだ。この通りだもんね」

全くその通りで、柴田はぴんぴんしていた。酒のせいか顔色は以前よりもいいくらいである。

「……ところで、聞いた？」

柴田から聞かされて、守屋は驚いた。

河野が病院で検査を受けたら、医者に酒をとめられてしまったという話である。

「シュンとしてるんだって、気の毒に……」

どこか具合が悪かったのだろう。石の話を聞いてから、内緒で診て貰いに行ったら、石ではなくて、ほかで御用になったらしい。

「ま、しかし、早いうちでよかった」

柴田がそういうのを聞いて、守屋は、その晩はすっかり酔えなくなってしまった。


〔１９８７（昭和62）年「オール讀物」11月号 初出〕

# 駅

どこかで朝火事があって、ダイヤが乱れているらしい。構内のアナウンスが、繰り返し、遅れの状況を説明している。おかげで、ミチは大忙しだった。

六つある椅子が、満席になっている。珈琲を出し、オ・レを作りトーストを焼き、その合間に、勘定を受け取る。馴れてはいても、目が廻る。

何人か、のぞき込んでは、諦めて立ち去る客もいた。

コーヒー・スタンド（ルナ）は、このターミナル駅の構内にある。だから、朝は、いっとき、乗り継ぎの客で混み合う。出勤前に、なにか腹に入れておこうという客もいるし、珈琲を片手に、買ったばかりの新聞の見出しだけ目で拾って、また慌《あわただ》しく立って行く男もいる。とにかく、せいている連中相手だから、気が抜けない。毎日のことでも、朝のその時間、ミチはぴりぴりしていた。駅員たちも、目の色が変っている。

八時を廻ると、それでも、通り過ぎる人々の歩きかたにいくらか変化が生じる。せかせかした歩みが、すこし緩み、がんがんと鳴り響いていた靴音が、むらになって聞えるようになる。

店の客の方も、回転の速さが落ちて来る。

腕時計を気にしいしい立って行く客と入れ替って、ひと息入れようという顔の客が、椅子に腰をおろす。遅刻しても仕方がないという顔である。

かなり遠くから通っているのかもしれない。

この駅で乗り換えて、また乗って、どこまで行くのか解らないが、うんざりしたような表情をしている。

「はい、コーヒー、お待ち遠さま」

ミチが、あたためた珈琲を置くと、男は頷いた。腫れぼったい顔で、目が赤い。

大きなバッグを肩に掛けた男が、入口に立った。

ちょっと照れくさそうな顔をして、こういう。

「……あのねえ、二三日前に、ライターを忘れちゃったんだけど……」

「ああ……」

ミチは、すぐに思い出した。

「銀色の、大きいんでしょ……」

「そう、ジッポー」

「ありますよ。ちゃんと、とってある」

「そう……」

男は、嬉しそうに笑った。よく日に灼けたがっしりした体格の男である。

「今、出します」

「有難う。よかった」

男は、肩からバッグをはずした。

重そうなバッグである。

「コーヒー、飲んで行くよ」

そう言いながら、場所を選んで、慎重にバッグを足下の床に置いた。そして、それを両足で挟むようにして、椅子に坐る。

(カメラマンかもしれない)

ミチは、珈琲のポットを手に取りながら、そう思った。

男は、若くはない。

髪をちょっと長めにして、ポケットの沢山ついたブルゾンを着込んでいる。

サラリーマンでないことは、一目で判る。

彼は、珈琲のカップを取り上げると、鼻の先へ持って行って、何度も匂いを吸い込むような仕草をした。珈琲好きらしかった。

ミチは、いつも客が忘れ物をしたときに入れて置く小物入れの引出しを開けてみた。

忘れものは、ライターが多い。

ジッポーは、いちばん手前にあった。

「これでしょう」

「そう、それ」

「はい」

男は、かるく、押し頂くようにして、そのライターを受け取った。

「有難う。……サンキュー」

胸のポケットから、煙草の箱を取り出して、一本くわえる。

威勢のいい音がして、大きな焔《ほのお》が立った。

彼は、満足そうに、火をつけると、ゆっくりと煙を吐き出した。

蓋を閉じるときに、ライターはかちりと、頼母《たのも》しい音を立てた。

「ひとに貰ったんだよ。だいじにしてたんだ」

「そうですか」

「よかった……」

男は、おだやかな顔をしていた。笑うと、日に灼けた顔が、皺でいっぱいになった。

「旅行だったんですか」

「そう……。二日ばかり」

男は、帰りがけに、思い出したようにバッグを開け、なかから、柿を二つ取り出した。

「柿なんか食べるかい」

「ええ、でも……」

「お礼代りだ」

男は、狭い店のなかを見廻して、

「そのへんに置いとくと、綺麗だよ」

そういって、ミチの手の上に、二個の柿の実を置いた。

その男と入れ替りに、店長の伊藤が入って来た。

「……参った、参った」

「あら」

「ごめんよ、遅くなって……」

「いいえ。……事故だったんですって?」

「うん……」

伊藤は、手早く上着を脱ぎ、戸棚のハンガーに掛けた。ネクタイの先を、シャツの胸へ押し込みながらいう。

「火事があってさ。線路の横の家が燃えたんだ。それで、電車がとまっちゃってさ。たいへん」

「もう消えたの?」

「もう、ケムだけ」

伊藤は、腕時計を眺めて舌打ちをした。

「凄《すげ》えな。こんな時間だ……。忙しかったろ」

「まあね」

伊藤は、喋りながら、もう洗いものに掛っている。

「トーストのパンは、足りたかい」

「あと、すこしだけ」

カップや皿を洗いながら、伊藤は、あれこれと、頭のなかで点検をしているらしい。

店長といっても、(ルナ)の店員は、ミチ一人だけである。

伊藤は、二十七だといっていた。

すらりとして、男前だから、結構もてるらしかった。

仕事が手早くて、よく働く。気がきいていてスマートで、いかにも今どきの青年といった感じがする。

それでいながら、よく解らないところもあった。

どこか不自然なのである。

ミチは、あまり他人には関心がない。

そのミチでも、首を傾げたくなることがある。

伊藤ほど、頭がよくて、働きのある男だったら、駅の構内の、小さなコーヒー・スタンド以外に、いくらも働く場所がありそうに思える。

珈琲が好きで、すっかりのめり込んで、行く行くは、何軒もチェーン店を持って、というのなら、それも解るけれど、伊藤は、仕事熱心ではあっても、珈琲そのものには、なんの関心も持っていないようである。

(どういうつもりなのかしら)

と、ミチは、ときどき不思議に思う。

もっとも、ミチの方だって、同じことだった。

もし、身の上を聞かれたら、話したくないことばかりである。

東京へ行こうと、列車に乗って、降り立ったのがこの駅だった。

同級だった女の子を頼るつもりで来たのに、その女の子は、教えられた住所にはいなかった。越して行った先も解らない。

初めてこの駅に降りて、何年か経った今も、この駅の構内にいる。

(バカみたい)

と、自分でもときどき苦笑することがあるけれども、さしあたっていい知恵もない。

(ルナ)は結構忙しくて、なにかを考えている暇はなかった。

それが気楽だった。

下手に悩み始めたら、きりがなくなってしまいそうである。

くたくたに疲れて狭いアパートに帰って、正体もなく寝てしまう。休みの日には洗濯をして、町に出て、ぐるぐる歩き廻る。

(ルナ)は、駅のコーヒー・スタンドだから、あまり馴染み客はいない。

顔馴染みといえば、駅の職員とか、売店の売子とか、そんな人たちが多い。

一人だけ、馴染み客といえる老人がいる。

その老人は、朝、まだ店を開けたばかりの時間にやって来る。

そして、淹《い》れたての珈琲を飲みながら、通り過ぎる客を眺める。

朝早くの駅の構内は、掃除も行き届いていて、気分がいい。

「お早いんですね、いつも……」

ミチは、そう声を掛けたことがあった。

老人は、珈琲のカップを、ゆっくりと皿に置きながら、

「そうね」

と、答えた。

「……昔、ポッポ屋だったんでね」

「え?」

と、ミチは聞き返した。

老人は、笑った。

「……ポッポ屋、知らないかね」

「ええ」

「国鉄だよ」

「あ、そうなんですか」

「……だから、駅が好きなんだ」

老人は柔和な目つきで、ミチを見た。

そして、駅の構内を顎でしゃくってみせて、

「朝の駅が好きでね」

ぽつんとそういった。

老人は、近所に住んでいて、入場券を買って、珈琲を飲みに来るのだという。

「そんな……、もったいないじゃないですか」

ミチが目を丸くすると、彼は、この時間に開けている珈琲屋は近くにないし、終夜営業の店は嫌いだからと答えた。

老人は、寡黙なたちらしかったし、ミチも口が重い方だから、その日以後も、あまり話をすることはなかった。

ミチは珈琲を出し、老人は、ゆっくりとそれを飲み、やがて、笑顔でちょっと頷いて、帰って行く。

そういえば、その老人は、このところ何日か姿を見せていない。

（身体の具合でも悪いのかしらん）

と、ミチは思った。

その午后、客の途絶えた頃を見はからって、ミチは、昼食をとりに、店を出た。

伊藤が、行って来いとすすめたのである。

いつもは、店の、あり合せで済ますのだけれど、たまには、駅を出て、近くの食べもの屋へも行く。

すぐ近所に、店構えは見すぼらしいが、うまい中華そばの店があった。

昼休みをはずせば、楽に坐れる。

天津麵を頼んで、ぼんやりしていると、壁のポスターが目に入った。

旅行のポスターである。

あざやかに色づいた山を背景に、野天の温泉があり、二人の若い娘が、湯気のなかから、こっちに向って手を振っている。

ミチは、しばらくそのポスターの写真に見入っていた。

ミチが店に帰って来ると、見馴れない女が一人いて、伊藤と話していた。

内密の話のように思えたので、ミチは、また後戻りしようかと迷ったが、伊藤に見つかった。

「いいんだよ。……じゃ、な」

伊藤が、女を促すと、女はもう一度、念を押すようなことをいった。

「わかった、わかった」

明らかに、伊藤は逃げ腰だった。

女は、勘定を済ませると、しれっとした顔で出て行った。

ミチが、横目で伊藤を見ると、彼は知らん顔をしていた。それで、ミチも黙っていることにした。

五時近くなると、伊藤はそわそわし始め、わざとらしく時計を眺めて、

「俺、ちょっと用事があるんだ」

といった。

「……悪いけど、あとを頼むよ。閉めるまでに帰って来る」

「はい」

「悪いな」

そういって出て行ったきり、閉店時間になっても帰って来ない。

ミチは、うんざりした。

本来は、もう一人女の子がいて、交替制の筈だった。

三月ほど前に、以前からいた子がやめて、そのあと補充をしていない。

適当な女の子がいないというのが理由だった。

うっかり、ミチが、

「いいわよ、私、どうせ帰ってもすることがないんだし……」

といったのが悪かった。

それ以来、ミチの日給は僅かばかり上ったが、仕事の時間は、倍になったのである。

ミチは、それでも、すこしだけ、伊藤を待ってみた。

そのうちに、いつまで待っても仕方がないという気になって、店を閉めに掛った。

小さな店だから、仕舞うのは簡単である。

売上げをどうしようかと思ったが、そのままにして置くことにした。ひと晩くらい、どうということもあるまい。

ミチは、もう一度店のなかを見廻した。

すると、カウンターの隅の籠のなかにある柿が目に入った。

柿は、夕焼けと同じ色をしていた。

ミチは、それを手に取った。

ひんやりとして、重かった。

柿を二つ押し込むと、ショルダー・バッグはかなりふくれ上った。

伊藤に、なにか書きのこして置こうかと思ったけれど、やめにした。

明りを消し、おもてに出て、シャッターをおろし、ロックする。

すっかり身についた手順だった。

ハンカチで手を拭い、スカートを直してから、ミチは、歩き出した。

振り返るまいと思った。

心は決っていた。

出札所まで行って、時刻表を見てから、松本までの切符を買った。

一泊して、翌日、また乗り継げば、ゆっくりと故郷の町に帰れる。

改札口で、切符を出すと、

「……おう」

と、声を掛けられた。

見ると、顔見知りの駅員だった。

「旅行かい？」

「ええ、ちょっと……」

「いいなあ。……気をつけて」

「ありがと」

元気でね、と言いたいところだった。

フォームで、弁当と、お茶を買った。

列車は、もう入っていた。

そんな時間の列車なのに、かなり客が多いので、ミチは驚いた。

山歩きらしい恰好の男女もいるし、通勤の帰りらしい客もいる。

ミチが、この線に乗るのは、何年振りだろうか。

或る日、ふと思い立って、東京へ出て来た。

それ以来、初めてである。

列車が動き出したとき、ミチはやはり涙ぐみそうになった。

窓の外を、東京の夜景が流れて行く。

ミチは、考えまいと思った。

東京でのことは、全部忘れてしまうつもりだった。

なかったこと、と、思いたかった。

甲府を過ぎた頃に、ミチは、トイレットに立った。

ドアをロックして、ショルダー・バッグを開いた。

なかの小さなポケットを探ると、銀行の通帳が、ちゃんと入っていた。

竹尾ミチ名義の、通帳である。

残高の数字を確かめてみて、ミチは安心した。

これだけあれば、故郷の町で、小さな珈琲の店を開くぐらいは、なんでもない。

いや、故郷から、すこし離れた町の方がいいかもしれない。顔見知りがいない方が気楽だろう。

長かったな、と、ミチは思った。

ソープから始めて、風俗産業を転々として、資金だけはしっかりと貯めた。

珈琲店のやり方も、すっかり身につけた。
これからは、それを活かすだけだった。
先は長い。
東京でミチを知っていた人々も、すぐに彼女のことなど忘れてしまうだろう。
そう思うと、ミチは、ほんの少しだけ、淋しいような気にもなった。

〔1987（昭和62）年「オール讀物」12月号 初出〕

# 冬

いかにも冬の到来を告げるような日だった。

午后いっぱい、冷たい厭な風が吹き、日が落ちると、その風は止んだが、今度はぐっと冷え込んで来た。

中原は、横断歩道を渡ろうとして、信号が変るのを待っていた。

丁度、会社の退けどきで、あたりのビルのオフィスから出て来る勤め人たちで、道は混み始めていた。

ぼんやりと、突っ立っていると、名前を呼ばれたような気がした。

見廻すと、すぐ先に黒塗りの車が停っていて、その窓から、誰かが首を出し、手を振っている。

「おい、中さん、こっちこっち」

窓から突き出たその顔は、すぐ見別《みわ》けがついた。

「……おう」

同業の会社の重役の楠本だった。

「お乗んなさいよ」

そういって手招きをする。

「いや、しかし……」

中原は、ちょっとためらった。

すると畳みかけるように、楠本がいった。

「Mホテルへ行くんでしょう」

「ああ、行きます」

「じゃ、お乗んなさい。一緒に行きましょう」

信号が青になって、どっと人々が横断歩道を渡り始めた。

中原は、車の方へ行き、白い手袋の運転手が開けてくれたドアから乗り込んだ。

「よく見つけたな」

中原がいうと、楠本はにやにやして、

「ぽかんと突っ立ってるんだもの、やたら目立ったぜ」

といった。

「いや、まだ早すぎるんで、すこしぶらぶらしようと思ってね。パーティーは、六時半からだろ」

「そう、六時半から」

「まだ早いよ。どこかで珈琲を一杯つき合わないか」

楠本は、腕時計を眺めた。

「うん、まだ早いな……じゃ、つき合うことにするか。どうせなら、あすこまで行っちゃおうや。一階にラウンジみたいな所があったろう」

「ああ。……じゃ、そうするか」

話がまとまって、中原と楠本は、はやばやと、そのホテルに繰り込むことにした。

その夜のパーティーの主賓は、中原の会社や、楠本の会社とも縁のある広告代理店の社長だった男である。

森というその男は、彼等二人より、いくらか年長で、温厚な紳士で通っていた。その森が社長に昇格したときは、仕事の性質からいって、おとなし過ぎるのではないかと、はたが危ぶむ時期もあったが、どうして、森には、見かけによらない才覚があるらしく、間もなくそうした話は、社の内外を問わず、聞かれなくなった。むしろ、次第に名社長という賛辞が、ちらほらと聞えるようになり、彼の下で、業績もかなり上った。

その森が今度勇退することになったのである。

中原や、楠本は、森と、直接にそれほどのつき合いはない。あちこちの会合とか、ゴルフなどで、時々顔を合せ、パーティーで、ふたことみこと、立ち話をしたりする程度である。

それでも、中原は、森のことを、サラリーマンの一つの理想像のように思っているところがあった。

中原の知っている森は、当りが柔らかで、どちらかといえば口重《くちおも》だが、どこか他人を安心させるような雰囲気を身につけている。いわば、あまり自分とは年の開きのない叔父とか、気のおけない親戚の感じである。

服装も地味で、控えめで、広告業界の人という匂いがまるでない。無頓着の一歩手前なのだが、そんなところも好もしい。

若いサラリーマンには、そんなところはさらさらないようだが、中原あたりの世代には、世のなかのサラリーマンには、そんなところはさらさらないようだが、中原あたりの世代には、世
「年功序列制の、憐れむべき尻尾を引きずっているに過ぎない、と、嗤《わら》われそうだがね……」

と、楠本と話したことがあった。

「……しかし、一年早くサラリーマンになったやつには、やっぱりそれだけの風格の違いがあるな」

中原がそういうと、楠本もそれに賛成した。

「そりゃ、確かに違う。俺たちが、そう思うだけかもしれないが、仕事や地位の上下とは別に、格の違いみたいなものがあるよ」

楠本は顔を綻《ほころ》ばせた。

「……昔は、それが眩しかったな。早く百戦錬磨のサラリーマンになりたいと思ったもんだよな」

「そうそう」

「いわば、たたずまいの問題だよな」

「美意識の問題さ」

「それだよ。サラリーマンとしてのたたずまい」

「そんなことをいうと、すぐ、若い連中の反撥を喰いそうだがね」

楠本は苦笑した。

「駄目だよ、此の頃の若いのは……、上っ面だけで、なんにも見えやしないんだ」

そのときの話のなかに、森のことが出て来たように中原は憶えている。

楠本は、森の熱烈なファンのようであった。

ファンというのも妙な言い方だが、直接のつき合いはそれほどないのだから、心服とか敬愛というのとも違う。ファンという方がどっちかといえば近い。

映画や、宝塚などの世界とはかなりかけ離れたサラリーマンの世界に、そういう夢のような感情が存在するということは、中原には楽しかった。

楠本ほどではないにしても、中原も、ファンの一人に違いなかった。

その森が、勇退して、広告の仕事から身を引くというのを知って、なにはさておいても、その別れの席だけには出たいと思ったのは自然の気持である。

誘い合せたわけではないが、楠本も同じ思いだった筈だ。

中原や楠本は、随分早く着いたつもりだったけれど、パーティーの会場にあてられた部屋の前には、かなりの数の客がつめかけていた。

「ほう、凄いね」

と、二人は顔を見合せた。

「森さんの顔だからな……」

と、楠本は、発起人のようなことをいった。

「……それにしても、多彩だな」

楠本は、客の顔を眺めわたしながら感想を洩らした。

広告という業種のせいもあるし、森の顔の広さもあるだろう。

それにしても、幅の広い客の顔ぶれだった。

向うからにこにこ笑いながら、黒田がやって来た。

黒田は、小さな出版社の社長で、二人の飲み友だちでもあった。

「やあやあ」

と、陽気に挨拶してから、声を低くして、

「……さすがだね」

といった。

「うん」

「向うに、(——)も来てるぜ。やっぱり綺麗だねえ」

「へえ、どこどこ」

楠本も中原も、興味をそそられた。

(——)というのは、テレビや映画によく出ている美人女優である。

「どこにいるの」

「あっちだ」

黒田は、目顔で、廊下の先の方を示した。

「なんだい二人とも、いい年をして色めき立っちゃって……」

「いいじゃねえか、見て来ようよ、中さん」

「行こう行こう」

何気ないふうを装いながら、二人が行ってみると、その美人女優は、新聞記者らしい男と話し込んでいた。

ふだん思っていたより、彼女がずっと小柄で、顔も小さいのが中原には意外だった。

「実物とテレビは随分違うんだな」

と、楠本にささやくと、

「しかし、いい女だなあ」

と、彼は嬉しそうだった。

その時、待っていた客たちが、列を作って動き始めた。

会場の用意がやっと調ったらしかった。

パーティーは盛会だった。

主賓の森にとってはもちろん、列席した全員にとって、それは忘れられない晩になった。

次第は、事前の打合せ通り進んで行った。

来賓や、友人の挨拶も滞りなく終った。

そのなかには、美人女優の（――）の挨拶も入っていて、華やかな拍手を受けた。

主役の森のスピーチは、パーティーの終り近くに予定されていた。

やがて、その時間が来ると、居合せた人々の大きな拍手に迎えられて、胸に大きな造花をつけた森が、マイクの前に立った。

次々とフラッシュが閃《ひらめ》き、カメラのシャッター音が続いた。

そして、満場の人々が、お喋りの口を噤《つぐ》んで、彼の言葉を待った。

森は、冴えない顔色をしていた。

疲れているようにも見えた。

「……皆さん、本日は有難う……」

彼は、そう、口を切った。頬にすこし血の気がさした。

「今日まで、大過なく勤めて来られたのは……、ただただ、私の周囲の人々、今夕お集まり下さった皆さんのような方々の……」

そこで、ぷつんと、声が切れた。

満場の視線を集めたなかで、森は唇を嚙んで黙していた。

小きざみに、身体が震えていた。

顔が赤らんでいた。

誰の目にも、森が、なにか強い衝動とたたかっているのが見てとれた。

森と、つね日頃接していた人々が、まだ誰も見たことのない彼の顔だった。

そして、恐らく数秒の間だったろうが、森は瞑目《めいもく》したまま、沈黙を守った。

客たちは、息を呑んで、彼を見ていた。

やがて、目を開いたとき、森の気持は、はっきりと決っていたようだった。

「……失礼しました。実は、今申し上げたような、当り障りのないご挨拶をして引っ込もうと思ったのですが……、もう二度とない機会でもあるし、相手は、私に気を許して下さっている皆さんです。どうぞ聞いて下さい。これが、私の、偽りのない今の気持です……」

中原は、なにかが背筋を走るのを感じて、びくりとした。

会場の空気が一瞬張り詰めた。

「これまでに、諸先輩、友人諸氏がお話し下さった私のことは、有難い好意の上に立った誤解です」

そして、見る見る、森の目から涙が溢れて頰を伝った。

「そんなものじゃない。……私のこれまではそんなものじゃなかった……」

おさえようとしても、声が震え、涙がこぼれるのをとめられないようだった。

これまで封じ込め、飼い馴らして来た鬱屈した感情が、今、火山さながらに次々と彼の身体のなかで爆発し、火を噴き上げているように思われた。

「……この何十年かの間、私に、一日だって、幸せだと思えるような日があったろうか。安らかだと思える日があったろうか」

彼は、嗚咽のなかから絞り出すような声で呟いた。

「……そんな日は、一日だってありゃしなかった……。なんて情けない。そんなものが、人生の名に価するだろうか……」

中原は呆然とした。

これだけ、自分の感情をむき出しにした烈しい言葉を聞くことは、今までになかったことである。

その場に居合せた人々は、誰も同じ思いだった筈である。

それも、人もあろうに、穏やかで、気持の波風などついぞ見せたことのない男の口からそれが洩らされるとは……。

一度、堰を切った水は、もうとめようがなかった。

「……私は、自分に言いきかせて来ました。来る日も、来る日も……。ひるむんじゃない。兎《う》の毛《け》ほども、そんな様子を見せるな……。馬鹿な……、馬鹿な……」

森は、両手で顔を覆った。そして号泣した。

客たちは、粛然としていた。誰も言葉を発する者はいなかった。頭を垂れて、彼のすすり上げる声を聞いていた。

「何度やめたいと、……そう思ったことか……。弱いんです。何度も決心をしながら、ずるずると日を送って……」

森は、拳《こぶし》で顔を拭った。

「それが、どうでしょう。やっとここまで辿り着いて、もうやめられるという日が来たら……」

ひときわ、感情が激したように、彼は絶句した。

そして、とぎれとぎれに、

「……嬉しい筈だった。……今朝までは、そうだった。……でも、今はそうじゃない。なぜ、悲しいんだろう。……なぜ」

やっとそれだけいうと、この老人は、子供がするように、身を揉んで、泣きじゃくった。


「……なによ、今夜は」

と、女主人の千代が睨んだ。

「二人して、まるでお通夜じゃない」

睨まれても、中原も、楠本も、ぶすっとしたままだった。

「……まあ、似たようなもんだ」

楠本の方が、答えた。

「……なんか、あったの」

「うん、参っちゃったよ」

「なによ」

「……実はさ」

「まあ、いいじゃないか」

と、横から中原が口を挟んだ。

楠本は、おとなしく頷いた。

「……そうだな。やっぱり、やめとこう」

「意地悪。言い出しといてやめるなんて、ずるいわ」

「駄目なんだよ」

楠本はつめ寄られて、にやにや笑った。

「難しいんだよなあ」

と、中原は助け舟を出した。

「そうなんだ。難しいんだ」

「なにがよ」

「つまり、どう説明していいのか、それが難しいんだ」

「へえ、まるで解らない」

「そう。俺たちにも、よく解らねえんだ」

楠本は、そう答えたけれど、中原にも、それは実感だった。

その夜のパーティーでの、森の振舞いを、どう考えたらいいのか、中原は理解に苦しんでいた。

中原と楠本は、黒田と連れ立って、パーティーの会場を出た。

三人とも、口を噤んだままだった。それぞれ、自分の思いに沈んでいた。

「送って行こう。車があるよ」

楠本がそういった。

すると、黒田は、すこし考えていたが、

「俺、失礼する」

と、首を振った。

「いいじゃないか、ちょっと飲もう」

「いや、また今度。いいから二人で行ってくれ」

「そうか」

楠本も、無理には誘わなかった。

「年なんだろうか」

黒田が唐突にいった。

「え」

「……年がいわせたんだろうか」

黒田は繰り返した。

二人とも、すぐその意味が解ったが、答えられなかった。

「さあ……」

「いや、いいんだ」

黒田とは、そこで別れた。


結局、中原は、楠本に家まで送って貰うことにした。

「黒田ね」

車のなかで、楠本がぽつんといった。

「……あいつ、女がいるんだ」

「ほう」

「今夜は、多分、女の所へ行ったんだと思う」

中原は首を振った。

「たいへんだな」

「悪あがきをしてるよ。面倒のタネばかり作りゃがって……」

中原は溜息をついた。

「みんな、これからが難しいな」

「難しいよ。気難しくなるし、頭は硬くなるし、身体はがたがただし……」

「妙なもんだな」

「なにが」

「お終《しま》いの方へ来て、難しくなるなんて、意地が悪く出来てるな」

楠本は、答えずに、車の窓から、外の闇を見ていた。そして、ひとこと、

「冬だな」

と、呟いた。


〔1988（昭和63）年「オール讀物」1月号 初出〕

# ふたり

今ではもう流行《はや》らなくなった言葉に、御神酒徳利《おみきどつくり》というのがある。いつも一対《いつつい》というような意味だが、田村と本間は、それだった。

二人とも、仕事は別々だが、遊び廻るときは、たいてい一緒である。

どっちか独りだと、どこの酒場でも、

「あら、今夜はどうしたの」

と、珍しがられる。

「……相棒は」

「ああ、死んじゃった」

「え、嘘ばっかり……」

「あいつ、忙しくて、遊んでくれねえんだよ」

「まあ、……小学生みたい」

「そう、小学生みたいなもんだ」

田村は、にやにやした。

「昔の小学生は、ふしをつけて、塀の外からこう呼ぶんだ。ホ……ン……マ……くん、あーそびーましょ……って」

「あら、かわいい」

「呼ばれた方も、はーあーい……って」

「ふしがつくの」

「遊びたくないときは、あーとーで、と、こうなる」

「ふうん」

「のどかなもんだろ」

田村は、いった。

「……それでさ、夕方、本間の会社へ電話をかけて、そういったらさ」

「いやだ。ホンマくん、遊びましょっていったの」

「そう。そしたら、あーとーで、だってよ」

「困ったもんねえ。社長って、そんなことばっかりしてるの」

「まあ、そんなもんだ」

田村は、へらへらと笑った。

「今晩は、ほかのお友だちと遊ぶんだから、だーめ、だって」

「いやねえ、いい年して、二人とも」

相手の女たちも、つい釣り込まれて、笑ってしまう。

そんな晩、田村がいつもより早いめに帰ってしまうと、ほんの入れ違いに、本間が入って来て、

「キョンキョン来た」

と、蜆《しじみ》のような目をむいて聞く。

「今、帰った」

「なんでえ、待ってりゃいいのに」

本間は、不満そうに、口をとがらす。

本間は、いつも、田村をキョンキョンと呼ぶ。

初老の男にキョンキョンでもないじゃないの、と、女たちは笑うのだが、本間は、そんなことを意にも介さない。

田村は、恭一という名だから、キョンキョン、本間の方は鈴児だから、田村は本間のことをリンリンと呼ぶ。

女たちは、もう馴れっこになっているからいいけれど、たまに同席した客は、よく戸惑う。

「今、リンリンというのが来ますからね。……ご紹介しましょう」

などと田村にいわれると、その客は、なんとなく嬉しそうな顔になる。

「ほう、美人ですか」

と、真顔で聞く男もいる。女たちは、笑いをこらえるのに苦労する。

やがて現われた本間を見ると、女たちは、どっと笑う。

田村が澄ました顔で、

「これがリンリンです」

と引き合せると、客の顔には、一瞬、情けなさそうな色が漂う。

鹿爪《しかつめ》らしく、初対面の挨拶をしている二人を見ると、また可笑しさがこみ上げて来て、女たちは、それを押し殺すのにひと苦労する。

「あなたの目は、蜆みたいだね」

と、言い出したのは、田村である。

「へんなことをいっちゃいけない。俺の目のようなのを、つぶらな瞳というんだぞ」

と、本間は色をなす。

「……しかし、見れば見るほど、蜆の佃煮《つくだに》みたいな目だね」

「そんなこといやあ、あなたの目も、塀の隙間みたいだぞ」

本間は攻勢に転じる。

「それでなきゃ、切り傷かな。なあ」

「二人とも、容貌の話は、およしなさいよ。田村さんだって、本間さんだって、器量は十人並みだもの」

「十人並みかあ」

「そうよ。安心していいわよ」

「そうかなあ」

二人は、顔を見合せた。

「でもなあ、十人並みっていうのは、ちょっとなあ」

「そうだよなあ。喜びがない」

「そうそう。せめて、此の酒場の客のなかで一番とか」

「でなけりゃ、もっと具体的に、顎が意志的ですてきとかさ。目が理知的でたまらないとかさ。

そういう風にいっとくれよ」

「それじゃいうけど、ぽってりしたおなかの柔らかな線が、とっても魅力的よ」

「なんでえ、面白くねえや、帰ろう、帰ろう」

「おう、帰ろう、もう二三杯だけ飲んで帰ろう」

そんな話をしていると、夜はすぐ更けてしまう。

田村と本間の体型を較べると、田村の方がいくらか背が高く、細めで、本間はつまりその逆で、小柄で、小太りである。

その違いがあるだけで、あとは髪の薄さも、腹のあたりの出っ張り具合も大差はない。二人に共通しているのは、そのほかに、お洒落《しやれ》なところや、遊び好きなところや、挙げて行けばきりがなさそうである。つまり鋳型は違うが、材質は同じといったところなのである。

田村は、中くらいの広告代理店の社長だし、本間も中くらいの出版社の社長である。

田村は、チンドン屋と自称しているが、此の頃では、チンドン屋といっても、聞き返されることもある。

「知らないんだもんなあ、チンドン屋を」

田村は、それを歎いている。

本間も、自称紙屑屋《かみくず》だが、ちり紙交換とは違うんだ、昔の紙屑屋のイメージだと力説する。しかしそんなことをいってもすぐに昔の紙屑屋を思い浮べることの出来る世代は、彼等と同じか、もっと上の世代に限られるようだ。

食いものの好みも、ほぼ似通っている。たとえば蕎麦となると、二人とも目が無い。

「おい、蕎麦食いに行こう」

どちらからともなく、そういう話になる。

「……いい蕎麦屋を見つけたんだ」

本間が熱心に誘うと、田村は、いささか懐疑的な目つきをしていう。

「確かかね。此の前のは、あんまり頂けなかった」

「あれとは違うさ。あの店は代替りして、味まで変っちゃったんだ。今度のはそんなんじゃない」

と、本間はむきになって誘う。

「よし、そんなら、行ってみるか」

田村は恩着せがましくいう。

田村は、下町っ子だから、蕎麦の食い方は早いし、上手だ。せいろから手繰った五六本の蕎麦が、目にもとまらぬ早業で、つゆをかすめたと見ると、するすると吸い込まれてしまう。眺めていると、のどぼとけが上下するのが解る。その時には、すでに田村の手の箸は伸びて、次の五六本を挟んで、宙に泳がせている。

田村が、せいろを二枚腹に納めて、蕎麦湯をすすっている頃、本間は、やっと一枚を食べ終る。

「なにをしてるんだ」

田村は呆れたようにいう。

「……なんで蕎麦を嚙むんだろうね。蕎麦というものは、すすり込むもんだぞ。嚙まなくっていいの」

「だって」

と、本間は抗弁する。

「……消化が悪そうな気がしてさ」

「そんなことはないの。嚙まれちゃ蕎麦が可哀そうだ」

「でもさ……」

と、本間はいう。

「そのまま飲んじまうと、胃のなかで、全部突っ立つような気がする。突っ張っちゃったらことだぜ」

「突っ張ったりしないんだって。見ちゃいられないよ、まったく。ああ、そんなにつゆをどっぷりつけちゃ……」

「いいじゃねえか。俺の好きな食いかたで食わしてくれよ。御意見無用だ」

ものを食う間も、二人の小ぜり合いは絶えない。

「しかし、どうだ、ここの蕎麦はうまいだろう」

本間が聞くと、田村は、なかなか素直に賛成はしない。

「どうかな。どうも、蕎麦とつゆの味が、しっくりと合わないような気がする」

「へえ」

「やっぱり、此の間、俺が連れてったところの方が、ちょっと上じゃねえか」

「いや、あすこのは、ちょっと腰が弱い」

「弱いんじゃなくて、腰が低いんだ」

「蕎麦に腰が低いなんてねえだろう」

「いや、蕎麦が自己主張をしないってことなんだ。つまり謙虚なんだね。どうぞ召し上って下さいとへりくだってるのさ。素直にこっちの口に合せてくる。ここの蕎麦みたいに、食えるものなら食ってみろって迫ってくる感じがない」

「おいおい。ほんとかね。そんな違いがあるのかね」

「いや、実はちょっと駄々をこねただけさ。実はな。おい、今見るなよ。あとでそうっと見ろよ。ここのカミさんより、こないだの店のカミさんの方が、ずっといろっぽくていいと思わねえか」

田村に耳打ちされて、本間は、こっそり振り向いた。

「……なるほど」

「な、だいぶ落ちるだろ」

田村は、嬉しそうにささやいた。

「こないだの店もいいけれど、しかし、飛びきりのカミさんのいる蕎麦屋といえば……」

その御神酒徳利が、しばらく揃って姿を見せないので、彼等の行きつけの店では、常連や女たちの間で、それが話題になった。

「会社には出てるらしい」

という情報もあったし、

「河岸を替えたんじゃないか」

という推測をする客もいた。

「同じ顔ばっかり見てたんじゃ、誰だって飽きるもんな」

と失言して、女たちに取っちめられる客もいた。

「……それにしても、どうしたのかしらね」

と、彼女たちは、やはり気にしていた。

そのうちに、すこしずつ話が伝わってきた。

常連客の一人が、同業者のパーティーかなにかで、田村とばったり顔を合せて、その時に聞いたのである。

騒々しいパーティーの席上だから、落ちついてゆっくり話し込んでもいられない。

「やあ、しばらく」

「おお、ご無沙汰しています」

「……みんな淋しがってますよ。たまには、あの店も、のぞいてやって下さい」

「ああ、そういえば、しばらく行ってない」

「カズちゃんなんか、歎いてますよ。二重唱の相手がいないって」

「そうですか」

田村は笑った。

田村は、あまりカラオケの唄はうまくない。彼の年頃の男たちは、たいていそうだ。

彼等が、昔よくうたった唄は、カラオケの演奏の曲目にほとんど入っていない。

田村の持ち唄は、「昴《すばる》」と、「マイ・ウェイ」である。

うまくはないけれど、丁寧に、心をこめてうたい上げる。

「マイ・ウェイ」なんか、もともと難しい唄だから、なかなか田村などの手にはおえない。

「馬子唄のようだね」

と、そっと評した客もいた。

ときには、ほかの曲にも挑戦することもあって、カズコという若い子が、よく相手をつとめて、「銀座の恋の物語」なんかをうたう。

パーティーで会った男は、そのことをいっているのであった。

「本間さんは、どうなさっているんです。お二人が見えないと、淋しくていけない」

その男が聞くと、田村は、

「ええ、あいつ、ちょっとね」

と、言い淀《よど》んだ。

「どうかなさったんですか」

そのとき、田村に、声を掛けてきた別の客がいて、話は、なんとなく、そのままになった。

「……病気かしらん。本間さん、入院でもしたのかしら」

「さあ、どうかな。とにかく、ちらっと聞いただけだから……」

「お見舞いでもしなくちゃいけないかなあ……。田村さんの会社へ、電話掛けてみようか」

「いや、そっとしといた方がいいだろ。なんかありゃ、田村さんが耳打ちしてくれるだろうと思う」

そんな囁きが、交されたようだ。

病気説を裏書するような情報もいくつか届いた。

長年の間にいためた肝臓だという。

いや、そうではなくて、腎臓だという異説もあった。

「どっちかしら」

「さあな。俺たちの年になりゃ、どっちだってあり得るからな。五臓六腑、ひとつとして満足なところなんてありゃしない」

妙な威張りかたをする客もいた。


大寒の寒さがちょっと弛んで、ほっとひと息ついたある晩、酒場の扉があいて、田村が入って来た。

「あら、いらっしゃい」

期せずして、拍手が起った。

そして、田村のあとから、本間が続いて入って来たので、店のなかは、いっそうにぎやかになった。

「名コンビの復活ですね」

と、誰かがいった。

「本間さん、心配してたのよ。なにしろ、噂がいろいろで……」

本間の様子を見て、これなら大丈夫と思ったのだろう。ママは、そんな言いかたをした。

「……でも、お元気そうで……」

本間は、にやりと頷いて、

「有難う」

といった。

「大したこっちゃないんだが、ちょっと入ってて」

はにかんだように笑って、

「おや、老けたなあ、ママは……」

と、おどけた。

「まあ、にくったらしい。いいわよ。これからたっぷり仕返しをするから、さあ、お二人とも、ここに坐って頂戴」

「はいはい」

田村と本間の二人は、神妙に腰をおろした。

「お酒はいいの、本間さん」

「お茶のみにわざわざ来たわけじゃねえさ。万事いつも通り」

本間は、田村に向っていった。

「なんだか、調子が出ないよ。ノドをしめしたら、一発いこうか」

「やるかい」

「病室でせっせと稽古してたんだ。その成果を示したい」

「あら、病院で、そんなに騒いでいいの」

「なあに、大きな声なんか出さなくたって……、唄は心でうたうもんさ」

「あら、いうわね」

二人は、水割りをひと口すると、ひそひそ打合せをして立ち上り、マイクを握った。

「……では、久しぶりのコンビで、新しいレパートリーを……」

田村が前おきすると、にぎやかな拍手が起った。

曲は、いかにもその年輩の男たちらしく、戦前の外国映画の主題歌であった。

うたい終って、盛大な拍手を受けながら腰をおろすと、田村は、本間をつついて、

「あなた、ちっともうまくなってないな」

といった。

御神酒徳利が復活して、また、活気が戻ってきた。

「……社長、お電話です。本間さんから……」

田村が電話を取ると、本間の声がした。

「キョンキョン、蕎麦食いに行こうよ。昼まだだろ。いい店見つけたんだ」

「へえ、でも、本当にうまいのか」

「うまいよ。ここはいい店。第一、カミさんがいい女……」

田村は吹き出した。相変らずの本間である。

〔1988(昭和63)年「オール讀物」3月号 初出〕

# P+D BOOKS ラインアップ

草を褥に　小説 牧野富太郎　大原富枝　●植物学者牧野富太郎と妻寿衛子の足跡を描く

激流（上下巻）　高見 順　●時代の激流にあえて身を投じた兄弟を描く

夢のつづき　神吉拓郎　●都会の一隅のささやかな人間模様を描く

貝がらと海の音　庄野潤三　●金婚式間近の老夫婦の穏やかな日々を描く

庭のつるばら　庄野潤三　●当たり前にある日常の情景を丁寧に描く

早春　庄野潤三　●静かな筆致で描かれる筆者の「神戸物語」

P+D BOOKS ラインアップ

（お断り）

本書は1991年に文藝春秋より発刊された文庫を底本としております。あきらかに間違いと思われるものについては訂正いたしましたが、基本的には底本にしたがっております。また、一部の固有名詞や難読漢字には編集部で振り仮名を振っています。

本文中には珈琲屋、妾、未亡人、ホモ、辺鄙、甥、嫂などの言葉や人種・身分・職業・身体等に関する表現で、現在からみれば、不当、不適切と思われる箇所がありますが、著者に差別的意図のないこと、時代背景と作品価値とを鑑み、著者が故人でもあるため、原文のままにしております。

差別や侮蔑の助長、温存を意図するものでないことをご理解ください。

神吉 拓郎（かんき たくろう）
1928（昭和３）年９月11日—1994（平成６）年６月28日、享年65。東京都出身。1983年『私生活』で第90回直木賞受賞。代表作に『ブラックバス』『たべもの芳名録』など。

## P+D BOOKS とは

P+D BOOKS（ピー プラス ディー ブックス）とは
P+Dとはペーパーバックとデジタルの略称です。
後世に受け継がれるべき名作でありながら、現在入手困難となっている作品を、
B6判ペーパーバック書籍と電子書籍を、同時かつ同価格で発売・発信する、
小学館のまったく新しいスタイルのブックレーベルです。

# 夢のつづき

2024年2月13日　初版第1刷発行

著者　神吉拓郎
発行人　五十嵐佳世
発行所　株式会社　小学館
〒101-8001
東京都千代田区一ツ橋2-3-1
電話　編集　03-3230-9355
販売　03-5281-3555
印刷所　大日本印刷株式会社
製本所　大日本印刷株式会社
装丁　おおうちおさむ　山田彩純
（ナノナノグラフィックス）


ISBN978-4-09-352481-0

P+D BOOKS